국어 교과서 작품 읽기
중1 소설

국어 교과서 작품 읽기: 중1 소설

전면 개정판 1쇄 발행 • 2017년 12월 27일
전면 개정판 46쇄 발행 • 2023년 12월 19일

엮은이 • 김미영 최은영
펴낸이 • 염종선
책임편집 • 정편집실
조판 • 신성기획
펴낸곳 • (주)창비
등록 • 1986년 8월 5일 제85호
주소 • 10881 경기도 파주시 회동길 184
전화 • 031-955-3333
팩시밀리 • 영업 031-955-3399 편집 031-955-3400
홈페이지 • www.changbi.com
전자우편 • ya@changbi.com

ISBN 978-89-364-5866-9 44810
ISBN 978-89-364-5970-3 (전3권)

국어 교과서 작품 읽기

중1 소설

김미영·최은영 엮음

창비

'국어 교과서 작품 읽기' 전면 개정판을 펴내며

우리는 학교에서 여러 과목을 공부합니다. 과목마다 학습 방법도 재미도 다르지만, 한 가지 공통점이 있다면 모두 우리말, 우리글로 이루어진다는 점입니다. 달리 말해 국어 공부가 바탕이 되지 않으면 다른 과목이 더 어렵게 느껴질 수도 있지요. 더욱이 국어는 학교에서 배워야 하는 공부의 대상일 뿐 아니라 우리 삶 곳곳에서 쓰이는 소통의 도구입니다. 따라서 국어를 익히는 과정은 세상과 소통하는 법을 배우며 한 인간으로서 성장하는 과정이기도 합니다.

'국어 교과서 작품 읽기'는 2010년 출간된 이래 수많은 학생들과 학부모, 선생님들에게서 큰 관심과 사랑을 받아 왔습니다. 이전까지 한 권이던 국정 국어 교과서에서 여러 권의 검정 국어 교과서로 바뀌면서, 변화에 발맞추어 다종의 국어 교과서에 실린 문학 작품을 갈래별로 가려 뽑아 재구성해 다채로운 작품을 접할 수 있게 한 시리즈입니다. 초판 이후 2013년에 새로운 교육 과정에 맞추어 개정판을 냈으며, 이번에 다시 한번 개정된 교육 과정에 맞추어 2018년 새 국어 교과서 9종에 대비하는 개정판을 내게 되었습니다. 확 달라진 교육 과정에 맞춤한 '전면 개정판'입니다.

2018년 중학교 1학년과 고등학교부터 적용되는 '2015 개정 교육 과정'은 학생이 자신과 세계를 이해하고 공동체의 구성원으로 소통하는 법을 배울 수 있도록 국어 교과 역량을 기르는 것을 강조합니다. 의사소통, 자료 정보 활용, 자기 성찰 계발, 비판적·창의적 사고, 문화 향유, 공동체 대인관계 등의 능력을 키우는 일이 중요해집니다. 이를 위해 과목을 넘나드는 창의 융합 활동이 제시되고, 학습량을 20퍼센트 가까이 줄이는 대신 학습의 질을 높였습니다. 국어 교과서에서도 문학 작품을 인문, 과학 영역과 접목해 통합적으로 읽고 생각하기를 권장하고 있습니다.

이번 '국어 교과서 작품 읽기'는 이처럼 문학 작품 독해의 질을 높이고 국어 능력을 강조하는 교육 과정의 큰 변화에 발맞추어 전면 개정한 것입니다. 이 시리즈는 문학 작품을 읽어 가면서 느낀 재미와 감동을 확인하고 스스로 생각하는 힘을 기르는 데 도움을 줄 것입니다.

우리가 소설을 읽는 이유는 무엇일까요? 소설 속에는 다양한 인물이 등장합니다. 그 인물은 우리 주변에서 흔히 볼 수 있는 평범한 사람일 수도 있고, 개성이 넘치는 인물일 수도 있습니다. 우리는 그들의 이야기를 통해 다른 사람들의 삶의 모습을 살펴보고 이해할 수 있게 됩니다. 또한 소설을 읽다 보면 인물들의 다양한 면모를 발견하는 재미를 느낄 수 있습니다. 때로는 내가 살아가는 방식과 비슷한 점을 발견하여 공감하기도 하고 위로를 받기도 합니다. 또 나와 다른 인물의 삶을 통해서 현실에서는 만날 수 없는 색다른 경험을 하기도 합니다. 사람은 누구나 지금의 나와 다른 삶을 꿈꿔 보지만 현실에서는 이루어지기 어려운 일이지요. 하지만 소설을 통해서 나와 전혀 다른 삶을 경험해 볼 수 있는 기회를 가질 수 있습니다. 이를 통해 새로운 삶을 탐색하게 되고 세상을 바라보는 넓은 안목을 키우기도 합니다.

이 책은 엮은이들이 9종의 국어 교과서에 실린 소설을 꼼꼼하게 읽은 뒤 단편소설을 중심으로 10편을 선별하여 엮었습니다. 선정된 작품은 '개정 교육 과정'의 성취 기준을 염두에 두고 제1부 '삶과 성장', 제2부 '인물과 갈등'으로 나누어 각각 5편씩 묶었습니다.

이 책은 여러분에게 다양한 경험과 읽는 재미를 함께 제공할 것입니다. 먼저 즐거운 마음으로 소설을 읽고 가벼운 마음으로 뒤에 나오는 '활동'을 풀어 보세요. 쉽게 작품의 내용을 파악하는 '활동'부터 자신의 삶에 적용해 보는 '활동'까지 다양한데요. 정답만을 요구하지 않고 작품을 즐겁게 읽으면서 내용을 충실히 이해할 수 있게 만들었습니다. 물론, 문제를 풀기 위해 작품을 읽는 것은 아닙니다. 소설의 줄거리를 파악하는 것에서 멈추지 말고 작가가 말하고자 하는 바가 무엇인지 생각하는 시간을 가져 봅시다. 더 나아가 소설을 통해 나는 어떤 깨달음을 얻었는지, 내가 주인공이라면 어떻게 행동할 것인지를 고민해 봅시다. 이 과정을 통해 여러분들은 소설을 읽는 진정한 이유를 알아 가게 될 것입니다.

소설 읽는 것을 공부로 여겨 부담을 갖거나 소설은 재미가 없는 것이라는 편견을 갖지 마세요. 일단 작품을 읽기 시작해 보세요. 작품 속 인물들의 삶을 따라 새로운 세계로 한 걸음 나아갈 수 있을 것입니다. 이 책을 읽는 여러분이 한 뼘 더 성장한 자신을 만날 수 있었으면 좋겠습니다.

2017년 12월
김미영 최은영

차례

• '국어 교과서 작품 읽기' 전면 개정판을 펴내며 - 5

1부 삶과 성장

• 오영수 ─ 고무신   13

• 이청준 ─ 연   41

• 구병모 ─ 헤살   51

• 유은실 ─ 보리 방구 조수택   65

• 김옥 ─ 야, 춘기야   79

2부 인물과 갈등

• 현덕 ─ 하늘은 맑건만   101

• 박완서 ─ 자전거 도둑   123

• 오승희 ─ 할머니를 따라간 메주   151

• 전성태 ─ 소를 줍다   175

• 김유정 ─ 동백꽃   213

• 작품 출처 - 231   • 수록 교과서 보기 - 232

일러두기

1. '2015 개정 교육 과정'에 따른 중학교 검정 교과서 9종 『국어』 1-1, 1-2에 수록된 소설 중에서 10편을 가려 뽑았습니다.
2. 작품이 수록된 단행본을 원본으로 삼았습니다.
3. 표기는 원문에 충실히 따르는 것을 원칙으로 하되 맞춤법과 띄어쓰기는 최대한 현행 표기법을 따랐습니다.
4. 한자는 모두 한글로 바꾸고 꼭 필요한 경우에만 괄호 안에 넣었습니다.
5. 낱말풀이를 달았습니다.
6. 활동의 예시 답안은 창비 홈페이지(www.changbi.com)의 '자료실─어린이 청소년 자료실'에 있습니다.

1부

삶과 성장

들어가며 ~~~~~~~~~~~~~~~~~~

　인간은 누구나 다양한 어려움을 겪으면서 조금씩 성장해 갑니다. '성장'의 사전적 의미는 사람이나 동식물 등이 자라서 점점 커지는 것을 말합니다. 하지만 사람에게 있어서 성장한다는 의미는 몸과 마음이 자라서 어른스럽게 되는 '성숙'의 의미를 포함합니다. 성장의 과정은 다양한 관계 사이의 갈등에서 시작되고, 그 갈등을 해결해 나가는 과정에서 누구나 아픔을 겪게 됩니다. 하지만 '비 온 뒤에 땅이 굳어진다.'는 속담처럼 아픔을 견뎌 낸 만큼 더욱 튼튼하게 성장할 수 있습니다.

　문학 작품에는 여러 문제로 고민하고 어려움을 겪으면서 성장하는 다양한 인물들의 이야기가 담겨 있습니다. 성장을 다룬 이야기를 통해서 우리의 삶을 더 깊고 넓게 이해할 수 있고 삶에서 중요한 가치가 무엇인지 생각해 볼 수 있습니다. 또한 작품 속 인물이 깨달은 점을 자신의 삶에 비추어 성찰하고 한 단계 더 성장하는 계기를 마련할 수도 있습니다.

　제1부 '삶과 성장'에는 오영수의 「고무신」, 이청준의 「연」, 구병모의 「헤살」, 유은실의 「보리 방구 조수택」, 김옥의 「야, 춘기야」를 수록했습니다. 자신의 삶과 경험을 등장인물들의 이야기와 관련지어 보면서 찬찬히 작품을 읽어봅시다.

　고백도 하지 못하고 좋아하는 사람이 떠나는 모습을 바라보기만 했던 엿장수, 도회지로 떠나고 싶은 아들과 이를 바라보는 불안한 어머니, 소녀의 죽음으로 인한 슬픔을 극복하는 소년, 어린 시절 친구에게 상처를 준 일에 대한 미안함, 어른 흉내 내기에 푹 빠져 빨리 어른이 되고 싶은 사춘기 여학생 등 어려움과 아픔을 극복하고 성장하는 인물의 이야기들을 통해 다른 사람들과 삶의 경험을 나누고, 그들의 감정에 공감해 봅시다. 자신이 한 일을 깊이 되돌아보는 과정에 초점을 두고 글을 읽으며 스스로의 삶을 돌아보는 기회를 가져 보도록 합시다. 작품 속 인물들이 어려움을 해결하는 과정을 보면서 여러분의 고민을 해결할 실마리를 찾을 수도 있을 것입니다.

고무신

오영수

오영수

소설가. 1914년 경남 울산에서 태어나 일본 도쿄 국민예술원을 졸업했다. 1949년 서울신문 신춘문예에 「남이와 엿장수」(나중에 「고무신」으로 제목이 바뀜)가 입선되고 이듬해 「머루」가 당선되어 등단하였다. 서민들의 애환과 따사로운 인정 등을 주로 다루었다. 1979년 타계했다. 주요 작품으로 「머루」「갯마을」「명암」「메아리」「수련」「황혼」 등이 있다.

읽기 전에 ∼∼∼∼∼

바라보기만 해도 심장이 쿵쾅거리고 생각만으로도 얼굴이 빨갛게 변해서 자신의 마음을 전하지 못한 이성 친구는 없나요? 진심을 담아 고백하려고 백 번도 넘게 생각하고 연습했는데, 결국 좋아하는 마음을 전하지 못한 적은 없나요? 여기 우연히 벌을 잡으려다가 여자가 웃는 모습에 마음을 빼앗긴 한 남자가 있습니다. 어느 봄날, 고요한 산기슭 마을에서 펼쳐지는 이야기를 따라가며 남이의 입장 혹은 엿장수의 입장이 되어 그들의 애틋한 마음을 느껴 보도록 해요.

보리밭 이랑에 모이를 줍는 낮닭 울음만이 이따금씩 들려오는 고요한 이 마을에도 올봄 접어들어 안타까운 이별이 있었다.

　바다와 시가지 일부가 한꺼번에 내다보이는, 지대가 높고, 귀환 동포˙가 누더기처럼 살고 있는 산기슭 마을이었다. 그렇기에 마을 사람들은 철수 내외와 같이 가난뱅이 월급쟁이가 아니면 대개가 그날그날 날품팔이˙다.

　밤이면 모여들고 날이 새면 일터로 나가기가 바빴다. 다만 어린아이들만이 마을 앞 양지바른 담 밑에 모여 윤선˙이 오고 가는 바다를 바라보고, 윤선도 보이지 않는 날은 무료˙에 지쳐 버린다.

　그러나 이 단조한˙ 마을, 무료한 아이들에게도 단 하나의 즐거움은 있었다. 그것은 날마다 단골로 찾아오는 젊은 엿장수였다.

　내려다보이는 아랫마을을 거쳐, 보리밭 사잇길로 이 마을을

˙ 귀환 동포 전쟁이나 징용으로 다른 나라에 나가 있다가 고국으로 돌아온 사람을 부르는 말.
˙ 날품팔이 일정한 직장이 없이 일거리가 있는 날에만 하루치의 돈을 받고 일하는 사람.
˙ 윤선 물레바퀴 모양의 추진기를 단 배의 한 종류.
˙ 무료 흥미 있는 일이 없어 심심하고 지루함.
˙ 단조하다 단순하고 변화가 없어 새로운 느낌이 없다.

향해 올라오는 엿장수는 가위를 째깍거리면서

"자아 엿이야 엿─ 맛 좋고 빛 좋은 울릉도 호박엿─ 처녀가 먹으면 시집을 가고 총각이 먹으면 장가를 들고……."

언제나 귀 익은 타령이건만 이 마을 아이들에게는 언제나 새롭고 즐겁고 또 신이 나는 넋두리였다.

엿장수가 마을 앞까지 채 오기도 전에 아이들은 벌써 길목에 쭉 모여 서서 개선장군*이나 맞이하듯 기다리고 섰다.

그러면 엿장수는 더한층 가윗소리를 째깍거리고 길목 돌 위에다 엿판을 턱 내려놓고는 자! 어떠냐? 하는 듯이 맛보기를 주면 아이들은 서로 다퉈 담을 치고 들여다본다. 그러나 막상 엿을 사 먹는 아이는 좀체 보이지 않고, 혹 떨어진 고무신짝이나 가지고 와서 바꿔 먹는 아이가 없지는 않으나, 그것도 매일같이 있을 리는 없다. 아이들은 사 먹지는 못할망정 보기만 해도 좋았다. 그 뽀오얗게 밀가루를 쓴 엿가락이 가지런히 누워 있는 엿판을 들여다보고 있을 양이면 저절로 입에 군침이 괴고 마음까지 흐뭇해지는 것이었다.

이 마을 아이들에게 있어 엿장수의 존재는 커다란 매력이었다. 이 마을 아이들에게는 세상에서 가장 부러운 것이 엿장수였을는지도 모른다.

---

* 개선장군 적과의 싸움에서 이기고 돌아온 장군. 어떤 일에 성공하여 의기양양한 사람을 비유적으로 이르는 말.

철수가 마악 저녁 밥상을 받자, 그보다 먼저 저녁을 먹은 여섯 살짜리 영이와 네 살짜리 윤이 놈이 상머리˚에 와 앉는다. 영이 놈이 시무룩한 상을 하고 누가 묻기나 한 듯이

"어머닌 외가 갔어!"

한다. 즉 저희들을 안 데리고 갔다는 불평인 눈치다. 이런 때 저희들을 동정하는 눈치를 보이기만 하면 투정을 부리는 줄 알기 때문에 철수는 시치미를 딱 떼고

"흐음!"

했을 뿐 더는 대꾸를 않았다.

윤이는 밥술 오르내리는 것만 하염없이 바라보고 있는데, 영이는 제 말한 것이 아무 반응이 없어 계면쩍이˚ 앉았다가 갑자기 생각난 듯이 앉은걸음으로 한 걸음 앞으로 다가앉으면서

"아부지!"

하고는 채 대답도 듣기 전에

"아지마˚가 오늘 윤이 때리고 날 꼬집고 했어!"

한다. 철수는 밥을 씹다 말고

"으응 정말?"

"그래!"

하고는 팔을 걷어 보이나 꼬집힌 흔적은 보이지 않았다.

• 상머리 음식을 차려 놓은 상의 옆이나 앞.
• 계면쩍이 쑥스럽거나 미안하여 어색하게.
• 아지마 식모아이를 가리킴.

그러자 작은놈도 밑이 타진˙ 바지를 젖히고 볼기짝을 가리키면서

"에게 에게 때려……."

하는 것을 보아 거짓말은 아닌 것 같다. 의욋일˙이었다.

그것은 식모아이 분수로서 함부로 애들을 때리고 꼬집었다든가 하는 무슨 명분˙을 가려서가 아니라, 남이(식모아이의 이름)가 이 집에 온 이후 오늘까지 한 번이라도 애들에게 손찌검을 하거나 또 했다거나 하는 것을 보지도 듣지도 못했기 때문이었다.

만일 남이가 저희들 말과 같이 때리고 꼬집기까지 했을 때는 이만저만한 일로써가 아니리라.

"그래, 왜 아지마가 때리고 꼬집더냐?"

"……"

"응?"

"……"

한 놈도 대답이 없다.

철수는 부엌에서 저녁 설거지를 하고 있는 남이를 불렀다. 남이 역시 대답이 없다. 대답은 없으나 마루께로 걸어오는 발자국 소리는 들린다. 부엌에서 할 대답을 방문을 열고서야

"예엣!"

● 타지다 꿰맨 데가 터지다.
● 의욋일 의외의 일. 뜻밖의 일.
● 명분 각각의 이름이나 신분에 따라 마땅히 지켜야 할 도리.

하는 남이의 태도도 역시 여느 때와는 다르다.

철수는 부드러운 목소리로

"오늘 왜 윤이를 때리고 영이를 꼬집었냐?"

"……."

"아니 때리고 꼬집은 것을 나무람이 아니라, 애들이 무슨 저지레˚를 했느냐 말이다?"

그제야 남이는 옆눈으로 영이와 윤이를 한번 흘겨보고는

"오늘 뒷개울에 빨래를 간 새, 영이와 윤이가 제 고무신을 들어다 엿을 바꿔 먹었어요!"

어이없는 소리다. 철수는

"뭣이 어쩌고 어째?"

하고는 밥술을 걸쳐 놓고 남이에게로 돌아앉으면서

"아아니 그래, 넌 빨래 갈 때 신을 벗고 갔더냐?"

"아니요!"

"그럼?"

"집에서 신는 헌 신 말고요, 옥색 신을요!"

철수는 또 한 번 놀라지 않을 수 없었다.

"응, 옥색 신이다?"

"예!"

이 옥색 고무신으로 말하면 바로 작년 팔월 대목˚이었다. 철

˚ 저지레 일이나 물건에 문제가 생기게 만들어 그르치는 일.

˚ 대목 설이나 추석 따위의 명절을 앞두고 경기가 가장 활발한 시기.

수가 남이더러 추석치레°로 뭘을 해 주면 좋으냐고 물었을 때, 남이는 옥색 바탕에 흰 테두리 한 고무신이 소원이라고 했다. 옷은 작년에 지어 둔 것이 있다는 말을 철수는 그의 아내에게서 들었기 때문에, 한껏 해야 크림이나 한 통 사 줄 생각으로 말한 것이 의외에도 옥색 고무신이라는 데는 철수도 당황하지 않을 수 없었다. 그러나 한번 해 준다고 한 이상 과하니° 어쩌니 할 수도 없고 해서 좀 무리를 해서 일금° 삼백육십 원을 주고 사 줬던 것이다. 남이는 무척 기뻐했고 그만큼 또 그 신을 아꼈다. 제가 쓰는 궤짝 속에 감춰 두고 특별한 출입—일테면 명절날이나, 또는 심부름 갈 때나, 학교 운동회 때나—이 아니면 좀체 신질 않았고, 또 한번 신기만 하면 기어코 비누로 씻고 닦고 했다. 그렇기에 신어서 닳기보담 닦아서 닳는 것이 더 했으리라.

"그래 그 신을 어디다 뒀길래?"

"마루 끝에, 엎어 둔 걸요!"

"왜 마루 끝에 뒀니?"

"씻어서 말린다고요!"

철수는 한숨을 내쉬며 영이와 윤이를 돌아보니 영이 놈은 맹꽁이처럼 볼을 부르켜° 가지고 한결같이 고개를 숙이고 있고,

---

• 추석치레 추석날에 모양을 내는 일. 여기서는 추석에 옷이나 신발 등을 선물하는 것을 가리킴.
• 과하다 정도가 지나치다.
• 일금 일정한 돈의 액수를 표시하는 수의 앞에 쓰이어, '돈'의 뜻을 나타내는 말.
• 부르키다 '부르트다'의 사투리. 성이 나다.

윤이 놈은 밥상을 노려만 보고 앉았다.

　남이는 또 말을 계속했다.

　"지가 빨래를 해 가지고 오니, 골목에서 영이와 윤이가 엿을 먹고 있기에 웬 엿이냐니까 싱글싱글 웃기만 하고 달아나는데 이웃 아이들의 말이, 옆집 순이가 헌 고무신 한 짝을 갖고 와서 엿을 바꿔 먹는 것을 보고, 윤이가 집으로 들어가서 신 한 짝을 들고 나와 엿장수에게 팽개치다시피 하고 엿을 바꿔 가지고 갔는데, 조금 뒤에 영이가 또 한 짝을 마저 갖다 주고 엿을 바꿨대요."

　남이가 말을 마치자마자 영이는 눈을 해뜩거리면서°

　"지(윤이를 말함)가 와 그래, 와 좀 안 주노 와!"

하는 것은 윤이가 엿을 바꿔 나눠 먹지 않기에 저도 그랬다는 뜻이다.

　이러는 동안 윤이는 밥상에 얹힌 계란 부침을 먹어 버렸다.

　"그래 그 엿장수는 어느 놈인데?"

　"매일 단골로 오는……."

　"머리 텁수룩하고 젊은 총각 놈 말이지, 으음……."

　철수는 밥상을 내밀었다. 남이는 남이대로

　"이놈의 엿장수 오기만 와 봐라!"

고 벼르면서° 밥상을 내갔다. 영이 놈도 슬며시 일어나서 윤이

° 해뜩거리다 눈알을 깜찍하게 뒤집으며 살짝살짝 자꾸 곁눈질을 하다.
° 벼르다 어떤 일을 이루려고 마음속으로 준비를 단단히 하고 기회를 엿보다.

옆에 가서 잘 작정을 한다. 부엌에서는 남이가 엿장수에 대한 앙갚음을 하는 셈인지 솥전˚에 바가지 닥뜨리는˚ 소리가 요란하다. 철수는

"얘 남아, 신을 도로 찾아 주든지 아니면 새로 사 주든지 할 테니 바가지 너무 닥뜨리지 말고 그릇 조심해라!"

그러고는 담배를 붙여 물었다.

그러나 세상이 도둑판이고, 따라서 요즘 엿장수란 엿 파는 빙자˚로 빈집을 노려 요강, 대야 훔쳐 가기가 예사고, 심지어는 빨래까지 걷어 가는 판인데 신으로 말하면 도둑질해 간 것도 아닌 이상, 그놈을 잡고 힐난˚을 한댔자 쉽사리 찾아질 것 같지도 않았다.

영이와 윤이는 어느새 잠이 들었다. 웃옷을 벗기고 베개를 베어 주고 철수도 옷을 갈아입고 자리에 누웠다.

밝은 물기 먹은 초열흘 달이 희붓한데,˚ 남이는 설거지를 마쳤는지 부엌은 조용하다. 어디서 아낙네들의 웃음소리가 먼 듯 가까운 듯 들려오고 밤은 간지럽게 깊어 갔다.

남이가 세숫대야에 걸레랑 헌 양말이랑 담아 옆에 끼고 마악 대문 밖으로 나서는데 엿장수의 가윗소리가 들려왔다. 엿장수

• 솥전 솥 몸의 바깥 중턱에 납작하게 둘러 댄 전. 솥을 들거나 걸 때 쓴다.
• 닥뜨리다 닥쳐오는 사물에 부딪다.
• 빙자 말막음을 하기 위하여 핑계로 내세움.
• 힐난 트집을 잡아 거북할 만큼 따지고 듦.
• 희붓하다 희끄무레하게 부옇다. '희부옇다'의 사투리.

는 마을 중턱 보리밭 사잇길을 올라오고 있었다. 남이는 대문 설주*에 몸을 붙이고 엿장수를 기다렸다. 엿장수는 마을 앞에 오자 한층 더 목청을 높여

"자아— 떨어진 고무신이나 백철* 부서진 거나 삼베 속곳* 떨어진 거나…… 째깍째깍."

그러자 남이는

"저놈의 엿장수 미쳤는가 베!"

하고 입속말로 중얼거렸고, 마을 아이들은 어느새 엿장수를 둘러쌌다.

엿장수가 엿판을 길목에 내리자 남이는 가시처럼 꼭 찌르는 소리로

"보소!"

엿장수는 놀란 듯 힐끗 한 번 돌아보고는 담을 싼 아이들을 헤치고 남이에게로 오는데 남이는 입을 샐쭉하면서 대뜸

"내 신 내놓소!"

했다. 엿장수는 걸음을 멈추고 한참 동안 남이를 바라보다 말고 은근한 말투로

"신은 웬 신요?"

하고는 상대편에 의심을 받을 만큼 히죽이 웃어 보이자, 남이 는 눈을 까칠해 가지고

• 설주 문짝을 끼워 달기 위하여 문의 양쪽에 세운 기둥. 문설주.
• 백철 함석이나 양은, 니켈 따위의 빛이 흰 쇠붙이.
• 속곳 속옷.

"잡아떼면 누가 속을 줄 아는가 베!"

그러나 엿장수는 수양버들 봄바람 맞듯 연신˚ 히죽거리며

"뭘요, 그믐밤에 홍두깨˚도 분수가 있지?"

남이는 발끈하고

"신 말이오!"

"신을요?"

"어제 우리 집 아이들을 꾀어 간 옥색 고무신 말요!"

엿장수는 머리를 벅벅 긁으며

"꾀기는 누가……."

하고는 한 걸음 앞으로 다가서서 길 아래 위를 살핀 다음 낮은
소리로

"그 신이 당신 신이던교?"

"누구 신이든 내놔요, 빨리!"

엿장수는 또 머리를 긁으면서

"당신 신인 줄 알았으면야, 이놈이 미친놈이 아닌 댐에
야……."

하고 지나치게 고분거리는데 남이는 한결같이 앙살˚을 부린다.

"내놔요 빨리!"

엿장수는 손짓으로 어루듯˚ 달래듯

• 연신 잇따라 자꾸.
• 그믐밤에 홍두깨 별안간 엉뚱한 말이나 행동을 함을 비유하여 이르는 말.
• 앙살 엄살을 부리며 버티고 겨루는 짓.
• 어루다 '어르다'의 사투리.

"가만있소, 도가*에 가 보고 신이 그냥 있으면야 갖다 주고 말고. 만일 신이 없으면 새 신이라도 사다 줄게요. 염려 마소!"

하고는 남이의 발을 눈잼* 하는데, 이때 난데없이 굵다란 벌 한 마리가 날아와 남이의 얼굴 주위를 잉잉 날아돈다. 남이는 상을 찌푸리고 한 손을 내저어 벌을 쫓고, 목을 돌리고 하는데, 벌은 갑자기 남이 저고리 앞섶에 붙어 가슴패기*로 기어오르고 있다.

이것을 조마조마 보고 있던 엿장수는

"가 가만……."

하고는 한걸음에 뛰어들어

"요놈의 벌이……."

하고 손바닥으로 벌을 딱 덮어 눌렀다.

옆에서 보기에도 민망스러운 순간이었다.

남이는 당황하면서도 귀 언저리를 붉히고 한 걸음 뒤로 물러서자 함께, 엿장수 손아귀에는 벌이 쥐어졌다. 쥐인 벌은 고스란히 있을 리가 없다. 한 번 잉 소리를 내고는 그만 손바닥을 쏘아 버렸다. 동시에 엿장수는

"앗!"

하고 쥐었던 손을 펴 불며 털며 앙감질*을 하는 꼴이 남이는

• 도가 엿장수가 물건을 갖다 주고 엿을 떼어 오는 가게를 뜻함.
• 눈잼 눈짐작. 눈으로 보아 헤아려 보는 짐작.
• 가슴패기 가슴팍.
• 앙감질 한 발은 들고 한 발로만 뛰는 짓.

어떻게나 우스웠던지 그만 손등으로 입을 가리고 킥킥하고 웃어 버렸다. 엿장수는 반은 울상 반은 웃는 상 남이를 바라보는데, 남이의 송곳니가 무척 예뻐 보였다. 남이는 엿장수와 눈이 마주치자 무색해서* 눈을 땅바닥으로 떨어뜨렸다. 살을 쏘아버린 벌이 꽁무니에 흰 실 같은 것을 달고, 거추장스럽게 기어가고 있다. 남이의 시선을 따라온 엿장수 눈이 이것을 보자 그만 그 억센 발로

"엥이 엥이 엥이."

하고 망깨* 다지듯 짓밟고 문질러 자취도 없이 해 버리자 남이는 또 웃음이 나올 것만 같아 문을 밀고 안으로 들어가 버렸다.

엿장수는 무슨 발작이나 막 하고 난 사람처럼 맥이 없었다. 어깨와 두 팔을 축 늘어뜨리고 남이가 들어간 문 쪽을 한참 동안 멍하니 바라보고 나서야 비로소 어슬렁어슬렁 엿판께로 돌아왔다.

엿판가에는 아이들이 파리 떼처럼 붙어 있다. 보아하니 윤이는 아랫배에 두 손을 붙여 도사리고* 앉아 엿을 노리고 있고, 영이는 서서 아이들과 어느 것이 굵으니 작으니 하며 태태거리고* 있다.

엿은 애들이 그새 얼마나 손질을 했기에 가루가 벗어지고 노

• 무색하다 겸연쩍고 부끄럽다.
• 망깨 토목 공사에서 여러 일꾼들이 들었다 놓았다 하면서 땅을 단단하게 다지는 작업 도구.
• 도사리다 팔다리를 함께 모으고 몸을 웅크리다.
• 태태거리다 장난스럽게 다투다.

르스름한 알몸이 드러난 것이 따끈한 봄볕에 쬐여 노그라질
대로 노그라졌다. 이런 엿은 누가 시험 삼아 입에 넣어 볼 양
이면 단맛보다는 먼저 짭짤한 맛이리라.

엿장수는 아이들과 엿판을 번갈아 보다 말고 무슨 생각에선
지 엿을 몇 가락 움켜쥐고는 가위로 때려 부숴 둘러선 아이들
에게 한 동강이씩 선심을 쓰는데 그중에도 영이와 윤이는 제
일 큰 것을 받았다.

엿장수는 한쪽 어깨에 비스듬히 엿판을 메고 연신 힐끗힐끗
철수네 집을 보아 가며 다음 마을로 건너갔다. 그러나 해 질
무렵 해서 또다시 가윗소리가 들렸으나 엿장수는 엿판을 내리
지도 않았고 또 아이들도 채 모이기도 전에 아랫마을로 내려
가 버렸다.

다음 날도 좋은 날씨였다. 먼 산은 선잠 깬 여인의 눈시울처
럼 자꾸만 선이 희미해 오고 수양버들은 아지랑이가 간지러운
듯 한들거렸다. 보리 싹은 제법 파릇하고 남향 담 밑에는 민들
레가 놀란 듯 활짝 피었다.

오늘따라 엿장수는 일찍 왔다. 엿장수가 오는 시간을 누구보
담 더 잘 알고 있는 이 마을 아이들에게 있어서는 적지 않은
사건이었다. 또 하나 의욋일은 한 담배 참 씩이면 다음 마을로
가 버리는 엿장수가 오늘은 제법 아이들과 시시덕거리고 놀

• 노그라지다 축 늘어지다.
• 선잠 깊이 들지 못하거나 흡족하게 이루지 못한 잠.
• 참 일을 시작해서 일정하게 쉬는 때까지의 사이.

기를 시작한 것이다. 그뿐만 아니라, 길목 타작마당°에서 아이들과 뜀뛰기까지 하다가 점심때 가까이 해서야 다음 마을로 건너가는 것이었다.

아이들은 어제 모양으로 엿을 한 동강이씩 주지 않고 가는 것이 퍽이나 섭섭한 눈초리로 뒤 꼴을 바라보았으나, 보리쌀 삶을 즈음해서 엿장수는 또 왔고, 해가 져서야 돌아갔다.

다음 날도 그랬고 그다음 날도 그랬다. 다만 전날과 다른 것은 영이와 윤이에게 엿을 한 가락씩 쥐여 주고 간 것이다. 동네 아이들은 영이와 윤이가 무척 부러웠다.

날씨는 한결같이 좋았다. 산기슭 잔디 언덕에는 쑥 싹을 캐는 소녀들의 색 낡은 분홍 치마가 애틋하게 정다워 보이고 개울가에는 냉이랑 독새랑 여뀌랑 미나리랑 싹이 뾰족뾰족 돋아났다.

엿장수는 한결같이 왔고 와서는 갈 줄을 몰랐다. 어떤 날은 벙글벙글 웃었고, 웃는 날은 애들에게 엿을 나눠 주었으나 벙어리처럼 덤덤히 앉았다가 가는 날은 엿 맛을 못 보았다. 그렇기에 아이들은 엿장수가 오면 엿판보다 먼저 엿장수 눈치부터 보는 버릇이 생겼다.

요즘은 그 텁수룩한 머리에다 기름 칠갑°을 해 가지고는 억지로 빗어 넘기고 또 옥색 인조견° 조끼도 입었다. 낯익은 동

• 시시덕거리다 실없이 웃으면서 조금 큰 소리로 계속 이야기하다.
• 타작마당 곡식의 이삭을 떨어서 낟알을 거두는 일을 하는 마당.
• 칠갑 물건의 겉면에 다른 물질을 흠뻑 칠하여 바름.

네 아낙네들이

"엿장수 요새 장가갔는가 베?"

라고 할라치면 엿장수는 수줍게도 씩 웃으며 그 펑퍼짐한 얼굴을 모로˙ 돌리곤 했다.

　하루는 철수가 저녁을 딴 데서 치르고 늦게 돌아오는데, 어떤 젊은 사내가 대문 틈으로 정신없이 집 안을 들여다보고 있었다. 철수는 이놈이 바로 좀도둑이거니 하고 손가방으로 궁둥짝을 후려치며

"웬 놈이냐?"

하고 고함을 질렀다. 사나이는 그야말로 뱀이나 밟은 것처럼 기급˙을 하고는 철수를 보자 이내 한 손을 머리로 올리고 꾸뻑꾸뻑 절만을 했다.

"뭣을 훔치려고 노리는 거야?"

"아 아니올시더, 예 예. 저 댁의 강아지가 예 헤헤……."

"강아지가 어쨌단 거야?"

"예 저 아니올시더, 헤헤."

　연신 허리를 꾸뻑거리고는 비슬비슬 달아나 버렸다.

"그놈 미친놈이군!"

했을 뿐 그 사나이가 엿장순 줄은 철수는 몰랐다.

　밤이면 개 짖는 소리가 요란했고 그런 밤이면 마을 사람들은

• 인조견 사람이 만든 명주실로 짠 비단.
• 모로 옆쪽으로.
• 기급 '기겁'의 사투리.

안팎 문을 꼭꼭 걸어 닫았다.

어떤 사람은 철수네 집 담 밑에서 도둑놈을 보았다고 했고 또 어떤 사람은 길목에서도 보았다고들 했다. 개울 빨래터에서도 보았고 동네 우물가에서도 보았다고들 했다. 그러나 막상 도둑을 맞은 사람은 한 사람도 없건만 마을에서는 도둑 소문이 자자한* 채 달도 바뀌고 제비 올 무렵 어느 날 저녁녘에 우연히도 남이 아버지가 찾아왔다.

철수 내외가 남이 아버지를 맨 나중 만나기는 지금으로부터 삼 년 전 윤이가 나던 해였다. 그리고 꼭 삼 년이 지났다. 삼 년 동안 남이 아버지는 많이도 변해졌다. 머리는 검은 털보다는 흰 털이 훨씬 더 많았고, 그 길숨한* 얼굴은 유지*를 비벼 논 것처럼 주름살이 잡혔다. 저녁을 먹고 나서 남이 아버지는

"내가 달리 온 것이 아님더!"

하고는 담배를 잰다.* 철수 내외는 암만해도 이 영감이 딸을 보러만 온 것이 아니라고 짐작은 하면서도

"무슨 일인데요? 새삼스리?"

그러자 남이 아버지는

"안 그런기요, 내가 나이 칠십에 내일 죽을지 모레 죽을지……."

• 자자하다 여러 사람의 입에 오르내려 떠들썩하다.
• 길숨하다 '길쭉하다'의 사투리.
• 유지 기름종이.
• 담배를 재다 담뱃대에 연초를 넣다.

그러고는 담배를 쭉쭉 소리를 내어 빨고 나서,

"내가 오늘 온 것은 다름이 아니올시더, 저 넘이 말임더, 저것을 내 산 동안에 짝을 맞춰 놔야 안 되겠는교?"

하고는 또 담배를 빨기 시작한다.

철수는

"그야 짝을 맞출 때가 되면 그래야죠!"

한즉

"아니올시더, 지집애가 나이 열여덟이면 과년했거던요!*"

"……."

"우리 동네 말임더, 나이 올해 스무 살 먹은 얌전한 신랑이 있는데, 모자 단둘이고요, 뱃일이고 바닷일이고 입댈 것 없지요."

철수는 듣다 못해

"그래서 영감은 거기다 남이를 시집보내겠단 말씀이죠?"

"아암요!"

그러자 철수 아내가

"보이소. 나도 스물한 살 때 이 집에 시집을 왔는데, 뭣이 그리 급해서, 더구나 남이는 나이만 열여덟이라 뿐이지 원래 좀 된* 편이라 숙성한 애들의 열대여섯밖에는 안 뵈는데……."

"아니올시더. 부모 갖고 살림 있으면야 한 해 두 해 늦어도 까딱없지요. 아암 까딱없고말고……."

• 과년하다 주로 여자의 나이가 보통 혼인할 시기를 지난 상태에 있다.
• 좀되다 사람의 됨됨이나 언행이 너무 치사스럽고 잘다. 여기서는 '몸집이 작다'는 뜻으로 쓰임.

"그렇잖아도 스무 살은 안 넘길 작정을 하고 또 그리 준비도 하고 있소!"

스무 살이라는 말에 남이 아버지는 그만 질색을 하면서

"언머어이 무슨 말인교? 당찮심더!*"

하고는 낯까지 붉히었다. 철수 아내가 또 무슨 말을 하려는 것을 철수는 손짓으로 막고

"영감 잘 알았소. 그만 건너가서 편히 쉬이소."

하자 그제야 남이 아버지는 안심이 되는 듯 일어서며

"내일 아침에 일찍 가겠심더. 안 그런교? 기왕 남의 권식* 될 바야 하루라도 일찍 보내는 기 좋지 않겠는교."

하고 또 뭐라고 중얼중얼하면서 건너갔다.

남이는 여느 때와 조금도 다름없이 부엌에서 아침 차비를 하고 있다. 다만 다른 것은 눈시울이 약간 부은 것뿐이다.

이날 철수 내외는 둘 다 결근을 했다. 철수 아내는 그동안 장만해 두었던 남이의 옷감을 꺼냈다. 그리 좋은 것은 아니나 그래도 저고릿감이 네 벌, 치맛감이 세 벌, 그 밖에 자기가 시집올 때 해 온 무색옷* 중에서 시속*에 맞지 않고, 색이 너무 난한* 것을 추려 몇 벌, 또 속옷 이것저것 해서 한 보퉁이는 좋이 되었다. 아침을 치르고 나서 철수 내외는 남이를 불러 갈

• 당찮다 말이나 행동이 이치에 마땅하거나 적당하지 않다.
• 권식 한집에 사는 식구.
• 무색옷 물감을 들인 천으로 만든 옷.
• 시속 그 시대의 풍속.
• 난하다 빛깔이나 글씨, 무늬 따위가 깔끔하지 않고 무질서하여 어지럽고 어수선하다.

차비를 하라고 이르고, 그의 아내는 밀쳐 둔 보퉁이를 헤치고 이것은 뭣이고, 이것은 언제 입는 옷이고 또 이것은 다시 고쳐 하고 하면서 일일이 일러 주는데, 남이는 듣는 둥 마는 둥 하고

"아직 설거지도 안 했는데……."

하고 일어선다.

"내가 내가 할 테니 그만두고, 어서 머리 빗어라. 그리고 옷은 이걸 입고, 버선은 요전번에 신던 것 신고……."

그러나 남이는

"물도 안 길었어요!"

하고 또 밖으로 나가려고 한다.

"그만둬라!"

"요새 물이 달려서 일찍 가야 해요!"

그러자 건넌방에서는 남이 아버지가

"남아, 준비 다 됐나? 차 시간 놓칠라, 속히 가자!"

하고 소리를 질렀다. 남이는 건넌방 쪽을 흘겨보고

"가고 싶거던 혼자 가지……."

하고 중얼거리면서 또 밖을 나가려는 것을 이번에는 철수가 불러들여

"가 보고 마땅찮거든 다시 오더라도 가도록 해야지. 차 시간도 있고 하니 빨리 차비를 해라!"

하고 타이르는데, 남이 아버지는 벌써 뜰에 나와 기다리고 있다. 남이는 그제야 낯을 씻고 제가 일상 쓰던 물건들을 챙겼

다. 크림 통과 가루분 통이 하나씩, 그리고 한쪽 모가 떨어져 삼각이 된 거울이 한 개, 얼레빗˙과 참빗,˙ 그 밖에 수본,˙ 골무, 베갯모, 색 헝겊, 당세기,˙ 허드레옷˙ 해서 그것도 한 보퉁이가 실하다.

분홍 치마에 흰 반회장저고리˙를 입고 맑은 때가 묻을락 말락 한 버선을 신은 남이는 딴사람같이 이뻐 보였다. 어디다 내세우더라도 얌전한 색싯감˙이었다. 남이 아버지는 대문짝에 담뱃대를 딱딱 뚜드리면서 헛기침을 하는 것은 빨리 나오라는 재촉일 게다. 철수 아내는 이모저모 옷맵시를 보아 주고

"어서 가거라. 너 잔치할 때는 너 아저씨가 가든지 내가 가든지 꼭 할 테니······."

그러나 남이는 한마디 인사말도 없이 영이와 윤이를 찾는다. 골목에 나가 놀고 있던 영이와 윤이는 남이의 달라진 모양을 보고 눈이 뚱그레져서

"아지마 어데 가노?"

하고 묻는다.

남이는 대답도 않고 두 아이를 데리고 건넌방으로 들어가, 영이와 윤이를 세운 채 두 팔로 가둬 안고

˙얼레빗 빗살이 굵고 성긴 큰 빗.
˙참빗 빗살이 아주 가늘고 촘촘한 빗.
˙수본 수를 놓기 위하여 어떤 모양을 종이나 헝겊 따위에 그려 놓은 도안.
˙당세기 고리버들의 가지나 대오리 따위로 엮어서 상자같이 만든 물건. 고리.
˙허드레옷 중요하지 않고 허름한 일을 할 때 입는 옷.
˙반회장저고리 깃, 고름, 끝동에 다른 색의 천을 대어 지은 여자의 저고리.
˙색싯감 신붓감.

"윤이야, 아지마 가면 니 빠빠 누가 줄꼬?"

하자, 영이가 또

"아지마 어데 가노?"

하고 묻는다. 남이는 목멘 낮은 소리로

"우리 집에 간다!"

　그러나 영이는

"거짓말이다. 이거 너거 집 앙이고 머고?"

하고 발까지 구르며 짜증을 낸다. 갑자기 윤이가 그 넓적한 입을 삐죽거리면서 억실억실한* 눈에 눈물을 함빡 가둔다. 남이는 지그시 팔에 힘을 준다. 윤이 눈에서 눈물 한 방울이 떨어져 남이의 자줏빛 옷고름에 얼룩이 진다.

　바로 이때다. 골목에서 엿장수 가윗소리가 들려왔다. 남이는 재빨리 윤이를 업고, 영이의 손목을 잡은 채 밖으로 나갔다. 남이 아버지는 벌써 저만치 철수와 하직을 하면서 내려가고, 엿장수는 마악 철수네 집 앞에서 대문을 나서는 남이와 마주쳤다. 엿장수는 얼빠진 사람처럼 남이를 바라보는데 남이의 눈에는 순간 어두운 그림자가 지나갔다.

　남이는 윤이를 업은 채 허리를 굽히고, 몸을 약간 둘러 치맛자락을 걷고 빨간 콩 주머니에서 십 원짜리 두 장을 꺼내 엿장수를 주었다. 엿장수는 그제야 눈을 돌려 남이와 돈을 번갈아 보다 말고, 신문지 조각에 엿을 네댓 가락 싸서 아무 말도 없

---

* 억실억실하다 얼굴 모양이나 생김새가 선이 굵고 시원시원하다.

이 돈과 함께 내민다. 남이는 약간 망설이다가 역시 암말도 없이 한 손으로 받아 가지고는 영이를 앞세우고 안으로 들어왔다. 엿장수는 멍하니 대문만 쳐다보고 있다가 침을 한 번 꿀꺽 삼키고 나서 엿판을 둘러메고는 혼잣말로

"꽃놀음*을 가면 자지내(紫川) 골짝이지, 그럼 한 걸음을 앞서 울음고개로 질러감 되겠지!"

이렇게 중얼대면서 엿장수는 빠른 걸음으로 담 모퉁이를 돌아 울음고개로 향해 갔다. (자지내 골짝은 이 근방 사람들이 단골로 가는 봄가을의 놀이터다.)

남이는 그 엿장수에게 받은 엿을 영이에게 둘, 윤이에게 둘 각각 손에 쥐여 주고서도 한 동강이 잘라 입에 넣고는 손수건으로 윤이 눈물 자국과 영이 코밑을 닦아 주고서야 보퉁이를 들고 일어섰다.

영이와 윤이는 엿 먹기에 여념*이 없었다.

철수 아내는 보퉁이 한 개를 들고 따라 나오면서 남이에게 귓속말로 뭣을 일러 주고…… 이래서, 남이는 떠나간다. 다만 한 가지 철수 내외에게 수수께끼는 마을 중턱에서 남이를 보내고 서서 그의 뒷모양을 바라보는데, 남이가 어이한* 옥색 고무신을 신고 가는 것이다. 더구나 한 번도 신지 않은 새것을…….

---

* 꽃놀음 꽃놀이. 꽃을 구경하며 즐기는 놀이.
* 여념 어떤 일에 대하여 생각하고 있는 것 이외의 다른 생각.
* 어이하다 '어찌하다'를 예스럽게 이르는 말. 여기서는 '어디서 생겼는지 알 수 없다.'는 뜻으로 쓰임.

철수 내외는 서로 얼굴만 쳐다볼 뿐 도로 물어본달 수도 없고 해서 그만두었다.

보리밭 사이 조그만 언덕길로 옥색 고무신을 신은 남이는 갔다. 자지내 골짜기로 꽃놀음을 가는 줄만 알았던 남이가 난데없는 영감 하나를 따라가고 있는 광경을 엿장수는 울음고개 위에서 멀거니 바라보고 있는 것을 남이 자신이야 알 리도 없었다.

1 다음은 남이의 옥색 고무신에 얽힌 이야기를 정리한 것이다. 이야기의 흐름에 따라 차례대로 번호를 써 보자.

① 남이가 추석 선물로 받은 옥색 고무신을 애지중지함.
② 엿장수가 남이를 보기 위해 철수네 집 앞을 기웃거림.
③ 영이와 윤이가 옥색 고무신으로 엿을 바꿔 먹음.
④ 남이가 아버지를 따라 옥색 고무신을 신고 떠남.
⑤ 신을 찾기 위해 남이가 엿장수를 만남.
⑥ 남이가 떠나는 것을 엿장수가 울음고개 위에서 바라봄.

① ➡ (   ) ➡ (   ) ➡ (   ) ➡ (   ) ➡ ⑥

2 다음은 결말 부분이다. 울음고개 위에서 떠나는 남이를 바라보는 엿장수의 심정을 생각해 보고, 엿장수를 위로하는 편지를 써 보자.

보리밭 사이 조그만 언덕길로 옥색 고무신을 신은 남이는 갔다. 자지내 골짜기로 꽃놀음을 가는 줄만 알았던 남이가 난데없이 영감 하나를 따라가고 있는 광경을 엿장수는 울음고개 위에서 멀거니 바라보고 있는 것을 남이 자신이야 알 리도 없었다.

엿장수에게

따뜻한 마음을 담아 ○○ 드림.

3 다음은 이 작품에 대한 다양한 감상이다. 자신의 의견과 가장 가까운 의견을 골라 자신의 생각을 덧붙여 보자.

> 수지   남이 주변을 뱅뱅 돌면서도 속마음 한 번 털어놓지 못하고 남이가 딴 데로 시집 가는 것을 지켜보기만 하는 엿장수를 보니 답답한 마음이 들어.
>
> 동원   그래. 소설 속 배경이 되는 시대에는 남녀 사이에 사랑의 감정을 표현하는 것이 참 소극적이었나 봐. 요즘에는 자신의 감정을 솔직하게 말하면서 쿨하게 만나고 헤어지는 것이 어색하지 않은데 말이지.
>
> 윤아   남이와 엿장수의 이야기만 보면 그래. 하지만 작품 속 문장들을 살펴보면 또 다른 재미가 있어. 봄이라는 계절감이 잘 드러나도록 묘사한 부분들이 무척 인상적이야. 섬세하고 아름다운 표현으로 햇살 가득한 따스한 봄날이 머릿속에 그려져.
>
> 인성   맞아. 나이 많은 어른들은 이 작품에서 예전의 향수를 떠올릴 수 있지 않을까? 이 작품을 통해서 각박한 도시에서 컴퓨터 게임에만 빠져 사는 요즘 청소년들에게 흙냄새, 사람 냄새 나는 푸근한 인정을 느끼게 해 줄 수 있을 것 같아.

나는 ○○의 의견에 동감해.

연

이청준

이청준

1939년 전라남도 장흥에서 태어났다. 서울대 독문학과를 졸업했다. 1965년 『사상계』 신인상에 「퇴원」이 당선되어 등단하였다. 주요 작품으로 「병신과 머저리」「매잡이」「소문의 벽」『당신들의 천국』『잔인한 도시』『서편제』 등이 있다.

읽기전에 〰〰〰〰〰

여러분이 어디서 무엇을 하든 잘 살기를 바라는 이가 있다면 누구일까요? 아마도 어머니일 것입니다. 이러한 어머니와 이별해야 하는 시간을 생각해 본 적이 있나요? 여러분이 집을 떠나 먼 곳으로 가는 날 어머니는 어떤 마음이실까요? 여기 도회지로 떠나고 싶은 마음을 달래며 연을 날리는 아들과, 연이 보이지 않게 될까 불안해하는 어머니가 있습니다. 아들에 대한 어머니의 마음을 헤아려 보며 작품을 감상해 보세요.

마을 쪽 하늘에선 연이 떠오르지 않는 날이 없었다.

연은 먼 하늘 여행을 꿈꾸는 작은 새처럼 하루 종일 마을 위를 맴돌았다.

들에서나 산에서나 마을 근처에선 언제 어디서나 새처럼 하늘을 떠도는 연을 볼 수 있었다.

연이 하늘에 떠올라 있는 동안은 어머니도 마음이 차라리 편했다.

들에서나 산에서나 어머니는 이따금 자신도 모르게 그 연을 찾아 일손을 멈추곤 했다. 그리고 그 적막스러운˙ 봄 하늘을 바라보며 허기진 한숨을 삼키곤 했다.

아비 없이 자란 놈이라 하는 수가 없는가 보았다.

"우리 집 처지에 상급 학교˙가 당하기나˙ 한 소리냐. 이름자나마 쓰고 읽게 된 걸 다행으로 알거라."

어미 곁에서 함께 땅이나 파고 살자던 소리가 아들놈의 어린 가슴에 못을 박은 모양이었다.

• 적막하다 고요하고 쓸쓸하다.
• 상급 학교 중학교를 말함.
• 당하다 사리에 마땅하거나 가능하다.

"상급 학교 못 가면 연이나 실컷 띄우고 놀 거야. 상급 학교 안 보내 준 대신 연실이나 많이 만들어 줘."

상급 학교 진학을 단념한 대신 아들놈은 그 철 늦은 연날리기 놀이를 시작했다. 연실 마련이 어려워서 제철에는 남의 집 애들 연 띄우는 거나 곁에서 늘 부러워해 오던 녀석이었다.

어머니는 큰맘 먹고 연실을 마련해 냈고, 아들놈은 그때부터 하고한˙ 날 연에만 붙어 지냈다.

봄이 되어 제 또래 아이들이 모두 마을을 떠나 읍내 상급 학교로 가 버린 다음에도 아들놈은 혼자서 그 파란 봄 보리밭 위로 하루같이 연만 띄워 올리고 있었다. 아침나절에 띄워 올린 연이 해 질 녘까지 마을의 하늘을 맴돌았다.

어머니는 언제 어디서나 그 아들의 연을 볼 수 있었다.

연을 보면 아들의 얼굴을 보는 것 같았고, 아들의 마음을 보는 것 같았다.

연은 언제나 머나먼 하늘 여행을 꿈꾸고 있는 작은 새처럼 보였고, 그래서 언젠가는 실줄을 끊고 마을의 하늘을 떠나가 버릴 것처럼 어머니의 마음을 불안하게 했다.

하지만 연이 그렇게 하늘에 떠올라 있는 동안엔 어머니도 아직은 마음을 놓을 수 있었다. 연이 하늘을 나는 동안은 어느 집 양지바른 담벼락 아래, 마을의 회관 뜰 한구석에, 또는 아

●하고하다 많고 많다.

지랑이 피어오르는 어느 보리밭 이랑* 끝에 그 봄 하늘처럼 적막스럽고 외로운 아들의 모습이 선하기 때문이었다.

그래서 어머니는 아들놈의 연날리기를 탓해 본 일이 한 번도 없었다.

철 늦은 연날리기에 넋이 나간 아들놈을 원망해 본 일이 한 번도 없었다.

녀석의 마음이 고이 머물고 있는 연의 위로를 감사할 뿐이었다.

연에 실린 아들의 마음이 하늘을 내려오는 저녁 연처럼 조용히 다시 마을로 가라앉기를 기다릴 뿐이었다.

그러던 어느 날이었다.

하루는 결국 이변*이 일어나고 말았다.

그날은 유독 봄바람이 들녘을 설치던* 날이었다.

어머니는 이날도 고개 너머 들밭 언덕에서 봄 무릇*을 캐고 있던 참이었다.

바람을 태우기가 좋아 그랬던지 아들놈은 이날따라 연을 더 하늘 높이 띄워 올리고 있었다. 마을에서 띄워 올린 녀석의 연이 고개 이쪽 어머니의 머리 위까지 까맣게 떠올라 와 있었다.

---

* 이랑 논이나 밭을 갈아 골을 타서 두두룩하게 흙을 쌓아 만든 곳. 갈아 놓은 밭의 두둑한 곳과. 두둑한 땅과 땅 사이에 길고 좁게 들어간 곳을 아울러 이르는 말.
* 이변 예상하지 못한 사태나 괴이한 변고.
* 설치다 마구 날뛰다.
* 무릇 백합과의 여러해살이풀. 파, 마늘과 비슷한데 봄에 비늘줄기에서 마늘잎 모양의 잎이 두세 개가 남.

얼레°의 실이 모조리 풀려 나와 하늘 끝까지 닿고 있는 것 같았다.

무릇 싹을 찾아 헤매던 어머니의 발길이 자꾸만 헛디딤질°을 되풀이했다. 연이 너무 높은 데다가 전에 없이 드센 바람기 때문에 마음이 놓이지 않는 탓이었다. 팽팽하게 하늘을 가로질러 올라간 연실 끝에서 드센 바람을 받고 심하게 오르내리는 연을 따라 어머니의 마음도 불안하게 흔들리고 있었다.

아니나 다를까.

불안감에 쫓기던 어머니가 어느 순간엔가 다시 그 하늘의 연을 찾았을 때였다.

연이 있어야 할 곳에 연의 모습이 보이질 않았다.

연은 어느새 실이 끊어져 날아간 것이었다. 빗살처럼 곧게 하늘로 뻗어 오르던 연실이 머리 위를 구불구불 힘없이 흘러 내려오고 있었다.

실이 뻗쳐 올라가 있던 쪽 하늘을 자세히 살펴보니, 아직도 한 점 까만 새처럼 허공 속으로 아득히 멀어져 가고 있는 것이 있었다.

어머니는 아예 밭 언덕에 주저앉아 연의 흔적이 시야에서 사라질 때까지 그 하염없는 눈길을 하늘에 못 박고 있었다.

그리고 그 연의 모습이 완전히 시야에서 자취를 감추고 난

° 얼레 연줄, 낚싯줄 따위를 감는 데 쓰는 기구.
° 헛디딤질 발을 잘못 디디는 행동.

다음에야 어머니는 비로소 가는 한숨을 삼키면서 천천히 다시 자리를 털고 일어났다.

하지만 이제 반나마 차오른 무릇 바구니를 옆에 끼고 마을 길을 돌아가고 있는 어머니는 방금 전에 무슨 아쉬운 배웅이라도 끝내고 돌아선 사람처럼 거동°이 무척 차분했다. 연을 지킬 때처럼 초조한 눈빛도 없었고, 발길을 조급히 서둘러 가려는 기색도 아니었다.

어머니는 이미 모든 것을 알고 있고, 모든 것을 미리 체념해 버린 것 같은 거동이었다. 마을 쪽에서 그 땅으로 내려앉은 연실을 거두어들이는 기미°가 보이지 않는 것도 전혀 이상스럽지가 않은 얼굴이었다.

"아지매요. 건이 새끼 좀 빨리 쫓아가 봐야 혀요. 건이 새끼 아까 도회지° 돈벌이 간다고 읍내께로 튀었다니께요. 지는 도회지 가서 돈 벌어 온다고 연실 같은 건 내나 실컷 감아 가지라면서요……."

어머니가 흐느적흐느적 허기진 걸음걸이로 마을을 들어섰을 때였다. 아들놈의 연실을 감아 들이고 있던 이웃집 조무래기°놈이 제풀에° 먼저 변명을 하고 나섰으나, 어머니는 이번에도 미리 모든 것을 짐작하고 있었던 것처럼 놀라는 빛이 없었다.

• 거동 몸을 움직임. 또는 그런 짓이나 태도.
• 기미 어떤 일을 알아차릴 수 있는 눈치. 또는 일이 되어 가는 야릇한 분위기.
• 도회지 사람이 많이 살고 상공업이 발달한 번잡한 지역.
• 조무래기 어린아이들을 낮잡아 이르는 말.
• 제풀에 내버려 두어도 저 혼자 저절로.

앞뒤 사정을 궁금해하거나 집을 나간 녀석을 원망하는 기색 같은 것도 없었다. 아들의 뒤를 서둘러 쫓아 나서려기는커녕 걸음 한번 멈추지 않고 말없이 그냥 녀석의 곁을 지나쳐 갈 뿐이었다. 그러고는 내처* 그 텅 빈 초가의 사립문*을 들어서고 나서야 아들의 연이 날아간 하늘을 향해 어머니는 발길을 잠깐 머물러 섰을 뿐이었다.

하지만 이제 연의 흔적은 보이지 않았다. 텅 빈 하늘만 하염없이 멀어져 가고 있었다.

어머니는 다만 그 무심한* 하늘을 향해 다시 한번 가는 한숨을 삼키며 허망스럽게* 중얼거리고 있었다.

"아가, 어딜 가거나 몸이나 성하거라*……."

* 내처 어떤 일 끝에 더 나아가.
* 사립문 나뭇가지를 엮어서 만든 문짝을 달아서 만든 문.
* 무심하다 아무런 생각이나 감정 따위가 없다.
* 허망스럽다 어이없고 허무한 데가 있다.
* 성하다 몸에 병이나 탈이 없다.

1 연을 날리는 아들과 그 연을 바라보는 어머니의 심정은 각각 어떠했을지 써 보자.

연을 날리는 아들의 심정	아들이 날리는 연을 바라보는 어머니의 심정

2 도회지로 간 아들은 어떻게 되었을까? 뒷이야기를 상상해 보자.

도회지로 간 아들의 뒷이야기

3 다음 '예시'를 참고하여 소설 속 어머니 입장이 되어 아들에게 보내는 네 줄 시를 완성해 보자.

> **예시**
>
> 나는 이 세상에 나서
>
> 나는 이 세상에 나서
> 너 때문에 제일 기뻤다.
> 나는 이 세상에 나서
> 네가 떠나 제일 슬프다.

4 소설의 내용을 바탕으로 소설 속의 어머니와 아들은 무엇에 비유할 수 있는지 다음을 완성해 보자.

> 소설 속의 어머니는 _____다.
>
> 이유는 _____ 때문이다.
>
> 소설 속의 아들은 _____다.
>
> 이유는 _____ 때문이다.

헤살

구병모

구병모

소설가. 1976년 서울에서 태어나 경희대 국문학과를 졸업하였다. 2008년 창비청소년문학상에 장편소설 『위저드 베이커리』가 당선되어 등단하였다. 장편소설 『위저드 베이커리』 『피그말리온 아이들』 『아가미』 『방주로 오세요』 『한 스푼의 시간』, 소설집 『그것이 나만은 아니기를』 『빨간구두당』 등이 있다.

읽기 전에 ~~~~~~~

아쉽게 끝난 드라마나 영화의 뒷이야기를 상상해 본 적이 있나요? 또는 주인공들의 안타까운 이야기를 보며 자신만의 행복한 전개로 이야기를 재구성한 적이 있나요? 여기 다른 작품의 뒷이야기를 이어 쓴 작품이 있습니다. 소녀와 만나고 친해지지만 소녀의 죽음으로 이별을 맞이한 소년, 그래서 홀로 남겨진 소년의 이야기입니다. 아픈 경험을 통해 한층 성숙해 가는 소년의 모습을 그의 일상을 따라 찬찬히 살펴보도록 해요.

꿈속에서 꽃 냄새가 났다. 알싸한 무 냄새에 마른풀 냄새도, 이어 비 냄새도 났다. 많은 냄새가 한꺼번에 코끝에 몰려들어 섞이더니 곧 눈에 뵈지 않는 고리를 그리며 춤을 추었다. 그예 아무런 냄새도 나지 않는다고 느꼈다.

비단조개가 손가락에 닿는가 싶더니 어느새 조개의 감촉이 아닌 손바닥이었다. 부드러운데 누구의 손인지 알 수 없었다. 고개를 들어도 흐릿하여 얼굴이 보이지 않았다. 조금 더 가까이 다가가자 한 무더기 갈꽃˙이 뺨을 할퀴었다. 눈앞이 온통 보랏빛 꽃 사태˙로 뒤덮였다.

허위허위 손을 저어 꽃 더미를 헤치자 그 자리엔 아무것도 없었다.

며칠을 까닭 없이 앓다 일어난 소년은 옆구리에 책보를 끼고 느지막이 집을 나섰다.

"다 늦어서 이제 학교 가니, 그만 하루 더 쉬었다 내일 가지

• 갈꽃 갈대꽃.
• 사태 사람이나 물건이 한꺼번에 많이 쏟아져 나오는 일을 비유적으로 이르는 말.

않고."

어머니 목소리가 어깨를 흔들었다. 못 들은 체 어깨만 으쓱해 보이고 걸었다.

한쪽 주머니에선 호두 알 몇 개가, 소년이 주무르는 대로 자기들끼리 몸을 부딪치며 바각바각 소리를 냈다.

조약돌이 한데 들어 있던 탓인지 껍데기에 금이 가고 종내*는 깨어졌다. 몇 날을 그렇게 주머니에 쑤셔 넣고 비벼 댔으니 껍데기가 얇아지고 말랑말랑해질 만도 했다. 손바닥에 울퉁불퉁한 호두 속살이 만져졌다. 기름기를 흠뻑 머금은 호두 속은 미끈거렸다. 문득 며칠을 품고 헤맨 꿈속에서 끝내 눈앞에 드러나지 않았던 얼굴이 떠올랐다. 알 수 없고 볼 수 없는 무언가에 분풀이라도 하듯 손가락 끝에 힘을 주자 호두 속은 맥없이 부스러졌다. 고소한 냄새가 올라와 콧속을 간질였다.

주머니 속 부스러기 하나를 꺼내 무심코 입으로 가져갔다. 근동*에서 제일가는 덕쇠 할아버지네 호두에서 아무 맛도 나지 않았다. 이렇게 맛없는 걸, 까딱 주었더라면 좋지 않을 뻔했다. 줄 기회가 영영 없었던 게 차라리 잘됐는지도 몰랐다. 퉤퉤 하고 길섶에다 침에 젖은 부스러기를 뱉어 버린다.

소년은 개울둑 앞에 우뚝 멈춰 섰다. 텅 빈 징검다리에는 물소리만 맑게 흘렀다. 가끔 텃새가 날개로 물을 훑고 지나가는

* 종내 끝내.
* 근동 가까운 이웃 동네.

소리가 찰방, 울렸다. 그때마다 소년은 흠칫 놀라 소리 나는 쪽을 돌아보곤 했다.

그러다 마치 거기 누가 지키고 앉아 길목에서 훼방이라도 놓는 듯, 소년은 그 자리에 책보를 떨어뜨리곤 털퍼덕 앉아 버렸다. 언제까지나 말없이 징검다리를 바라보았고, 빠르게 흐르는 물살이 돌에 부딪고 부서지는 소리만 들었다.

저녁노을이 익어 갈 때쯤 하여 건너편에서 학교를 파한 아이들이 하나둘 징검다리를 밟고 다가왔다. 오면서 한동안은 소년이 자기들 쪽을 노려보는 걸로나 알고 마주 눈을 흘겨 주었다가, 스쳐 지나가는 내내 어딘지 모를 곳을 향해 멍하니 앞만 바라보고 있다는 걸 알곤 얼굴을 찡그리며 소곤거렸다.

이튿날은 일찍 일어나 책보를 옆구리에 꼈다. 어머니는 전날 소년이 개울을 건너지 않고 그대로 앉았다가 어둑해져서야 돌아왔다는 사실을 알고 있었다. 어머니는 아무것도 묻지 않고 그저 빨랫줄에 넌 이불을 몽둥이로 치면서 등으로 다녀오렴, 했다.

또다시 개울이다. 학교를 가려면 이 징검다리를 건너야만 했다. 몇몇 아이들이 소년의 어깨를 치고 지나가선 편평한* 돌들을 사뿐사뿐 밟으며 앞질러 갔다. 소년은 한 발을 첫 번째 돌 위에 얹었다가 곧 뒤로 물러났다. 그러더니 배꼽 깊이에서 한껏 숨을 끌어 올렸다. 다시 밟아 본다. 하나, 둘, 세 번째 돌까

* 편평하다 넓고 평평하다.

지 밟았다가 무언가가 발목을 잡아당기는 무거운 느낌과 함께
주춤거리곤 뒷걸음질했다. 그러다 발뒤꿈치가 돌 아닌 무엇을
밟은 듯싶더니 등이 어딘가에 부딪치고 외마디 소리가 났다.
마침 개울을 건너려던 다른 아이가 쏟뜨린 책보 옆에 주저앉
아 이마를 문지르고 있었다.

그러나 소년은 손을 내밀어 일으켜 주기는커녕 미안하다는
한마디 없이 아이를 내려다보았다. 아이는 몸을 일으키더니
소년의 어깨를 홱 밀치곤 지나갔다. 뒤통수에 눈이…… 가는
길 훼방…… 같은 퉁명스러운 욕지거리를 입으로 우물거리며
총총 사라졌다. 건강하고 활발한 뜀박질이었다.

밀친 대로 자빠져 개울둑에 엉덩이를 붙인 채 소년은 부예지
는˚ 아이의 뒷모습을 바라보았다. 몸을 일으켜 다시 한 번 돌
에 첫발을 얹어 놓을 마음이 나지 않았다. 설령 발을 붙인대도
곧이어 찌르르한 느낌과 함께 휘청거리며 뒤로 물러나 앉기를
되풀이할 것만 같았다.

징검다리는 늘 있던 그대로 그 자리를 지키고 있었다. 전과
달라진 거라곤 한복판에 지키고 앉아 가는 길을 막고 개울물
을 움켰다 뿌렸다 하는 사람이 거기 없다는 하나뿐이었다. 어
째서 돌이며 개울이 어제와 같이 단단하게 빛나는지, 하늘은
왜 쨍하는 소리와 함께 갈라지지 않으며 폭우는 왜 쏟아지지
않는지 소년은 알 수 없었다. 비는 와야 할 때를 모르고 꼭 오

• 부예지다 연기나 안개가 낀 것처럼 선명하지 못하고 조금 허옇게 되다.

지 말아야 할 때 온다. 못된 비님. 아니 비놈이다.

쇠꼴[•]을 베어다 외양간에 쌓아 줄 생각도 않고 도로 방에 등을 붙인 지 몇 날이었다. 전에 없던 한기가 들어 이불을 머리 끝까지 뒤집어썼다. 어머니와 아버지가 갈마들며[•] 억지로 이불자락을 걷어다 웅크린 자식의 이마를 짚어 보고 수건을 갈았다. 머리맡에 자리끼[•]를 채워 놓고 요강을 비웠다.

"어째 열이 안 떨어지네……."

"한 1주 넘어 쉬었나, 학교를."

"오늘 밤만 지내 보고 이걸 읍내 병원까지 실어다 나가 보나, 마나."

"그저 둬 보고 살피지 무얼 그런 정도를."

수런거리는 목소리가 귓가에서 아득하게 멀었다. 그대로 까무룩 잠에 떨어지는가 싶었다.

물가도 아닌 집 안에서 퐁, 물소리가 들린다. 그 소리가 가깝지 않고 아슴아슴하니, 어머니가 정지[•]에서 그릇을 부시다 대야에 숟가락이라도 떨어뜨렸나 보았다. 그러나 그 포……옹 소리는 바닥이 없는 듯 깊고 천장 없이 높다. 널찍하며 거의 무릎까지 차오르는 개울에 조약돌을 던졌을 때 나는 소리다.

• 쇠꼴 소에게 먹이기 위하여 베는 풀.
• 갈마들다 서로 번갈아들다.
• 자리끼 밤에 자다가 마시기 위하여 잠자리의 머리맡에 준비하여 두는 물.
• 정지 '부엌'의 사투리.

이어 문득 와락 하고 귓전을 때리는 소리가 들렸다.

바보.

옆얼굴에 주먹이라도 맞은 듯 눈을 반짝 뜨고 윗몸을 일으킨다. 빈방에 어스름이 이불처럼 개켜졌을 뿐이다.

머릿속은 어질했지만 잠은 다시 오지 않았다. 대신 조금 전까지 방에 누가 왔다 가기라도 한 듯 메밀꽃이며 갈꽃의 잔향˙이 맴돈다.

두 팔을 휘적거리며 일어나 앉았다. 목이 말라 머리맡을 더듬다 손끝으로 그릇을 쳐서 엎었다. 고르지 못한 바닥을 따라 물줄기가 길게 뻗어 나갔다. 바닥이 이리도 울퉁불퉁했었나, 땅이 언젠가부터 비스듬해지기라도 한 듯 물줄기는 그칠 줄 모르고 방바닥을 가로질렀다. 물이 가 닿은 곳에 걸레인지, 어머니가 솜을 누비려 놔둔 바느질감인지 모를 것들이 두어 장 흐트러져 있었다.

그랬거나 말았거나 흘린 물이나 닦자고 집어 들어 보니 여기저기가 터지고 해진 자기 저고리다. 흙물이 들어 더럽기까지 하다.

돌이켜 보니 그날 입었던 저고리를, 어머니가 밭일이 쌓여 곧바로 빨아 두지 못했다고 그랬다. 햇볕 들자 뒤늦게 암만 두드리고 비벼도 그 자리에 새겨지기나 한 듯 잘 지지 않더라고 중얼거렸던 기억이 난다. 하여 소년의 몸도 몰라보게 자라고

• 잔향 남아 있는 향기.

있으니 이참에 좀 더 시접˙을 꺼내 바느질을 새로 하자는 것이
다. 지지 않는 자리는 잘라 내 다른 일로 다른 데다 쓰고 그 자
리에 새 감을 대어 깁자는 것이다. 그러려고 꺼내는 놨는데 소
년이 한동안 아프자 근심 때문에 솔기도 뜯지 못한 채로 놔둔
모양이다.

　그러고 보면 근간에 옷고름을 여밀 때마다 숨이 차도록 옆구
리며 겨드랑이가 꽉 끼었던 기억도 났다.

　그러나 엉성하게 이어 놓은 수숫단˙ 안에서 누군가의 어깨를
덮어 주기엔 모자람이 없었더랬다.

　소년은 저도 모르게 가장자리가 촉촉이 젖은 저고리를 품에
넣고 이불 속으로 다시 미끄러져 들어갔다. 머리에서 발끝까
지 이불을 덮고 몸을 옹송그리는 동안 아까보다 한결 나아진
듯했다. 아무런 꿈도 꾸지 않았고 귓속을 호비는 소리는 다시
들려오지 않았다.

　오늘도 안 나갔다간 한 학년을 고대로 다시 다녀야 할지 모
르겠다며 어머니가 등을 떠밀었다. 정 힘들고 자빠지겠거든
선생님께 얼굴이라도 비치고 그만 돌아오라 일렀다. 소년은
어제보단 가벼워진 등줄기를 곧게 펴며 길을 나섰다. 어느새
바람이 사느랗게˙ 부는 날로 계절은 제법 바뀌어 있었고, 저고

˙시접 옷 솔기 가운데 접혀서 속으로 들어간 부분.
˙수숫단 수수를 단으로 묶어 놓은 것.
˙사느랗다 물체의 온도나 기온이 약간 찬 듯하다.

리 위에는 조끼 한 겹을 덧입었다.

다시 문제의 개울가였다. 새벽부터 내려앉아 달아날 생각이 없어 보이는 물안개 때문에 징검다리 건너편이 잘 뵈지 않았다. 이 다리를 밟고 부연 안개 숲으로 스르르 빨려 들어간 끝에 다른 세상이 나오기라도 할 듯.

그러나 너머로 가야 할 일이었다. 소년은 한 발을 돌 위에 올려놓았다. 다음 그리고 다음. 네댓 번째, 예닐곱 번째를 가볍게 건너뛰어 기어이 그 자리에 섰다. 그 자리는 물을 움켰다 흩뿌리는 소리로 가득했다. 분홍 스웨터며 유난히 하얀 목덜미 같은 것들이 한데 어우러져 눈을 쏘아 댔다.

소년은 부스러지고 눅눅해져 이제 형체를 알아볼 수 없는 호두 알맹이를 개울에 뿌렸다. 물살을 따라 어딘가로 춤을 추는 듯 떠내려갔다. 주머니를 까뒤집어 나오는 대로 뭐든 개울에 떨어뜨렸다. 말라비틀어진 대추 몇 알이며 소녀의 목덜미처럼 흰 조약돌까지.

그런 다음 책보 매듭을 한 손가락으로 끄르곤 흔들었다. 책보에서는 숙제장이나 연필 대신 다만 저고리 한 벌이 스르르 떨어져 내렸다. 물에 펼쳐진 저고리는 만세를 부르는 모양을 하고 그 자리에서 흔들리기만 했다. 호두나 대추처럼 멀리멀리 사라지지 않고 물살을 움키듯 그 자리에서 맴돌았다.

옷이 무거운가 하여 슬쩍 손으로 밀어 준다. 몇 발짝만큼 나아가다 징검다리 언저리에 걸려 버린다. 한 번 더 손을 뻗어 툭 쳤지만 시원하게 앞으로 나아가지 않고 얼마 안 있으면 옷이 물을 머금어 아래로 잠겨 버릴 것 같다. 다급해져서 손으로 물살을 마구 일으키며 쳐 낸다. 고작 개울이라 시원시원히 힘 있는 물살이 솟아오르지는 않지만 조금씩 움직인다.

얼룩이 든 저고리는 흠뻑 젖은 채 이윽고 물살을 따라 유유히 떠내려갔다. 소매가 너울거리는 모양이 손을 흔드는 것처럼 보였다. 그 모습이 개울 저편으로 많이 건너갔다고 생각이 들 때쯤 내내 눈앞을 가렸던 물안개가 걷혔다. 얼마나 멀리 떠내려갔을까 싶었는데, 안개가 거둬 가기라도 한 듯 저고리는 흔적도 없이 사라졌다.

그리고 소년은 텅 빈 책보 끄트머리를 주머니에 찔러 넣곤 남아 있는 징검다리를 한 칸씩 디디기 시작했다. 조심스럽게 밟아 나아가는 동안 발목은 생각만큼 무겁지 않았다. 등 뒤에서는 언제까지나 흐르는 물결의 헤살* 젓는 소리가 경쾌히 들려왔지만 이 다리를 다 건널 때쯤 멀어질 일이었다.

---

* 헤살 물 따위를 젓거나 하여 흩뜨림. 또는 그런 짓.

1 이 작품의 내용을 바탕으로 빈칸에 적절한 단어를 써 보자.

소년이 □□을 건너는 것을 힘들어 함.	소년이 주머니 속 □□, 대추, □ □□□과 책보 안 □ □□를 개울에 던짐.	소년이 □□□□를 건넘.

2 이 작품은 황순원의 소설 「소나기」의 후속 이야기이다. 소년의 삶에 '소녀의 죽음'이 어떤 의미가 있을지 생각해 보며 다음 질문에 답해 보자.

> 황순원의 「소나기」 줄거리
>
> 서울에서 이사 온 소녀와 시골에 살고 있던 소년이 개울가에서 만난다. 소년과 소녀는 산으로 함께 놀러 갔다가 갑자기 내린 소나기를 피하며 더욱 가까워진다. 소녀네가 이사를 한다는 소식을 듣고 소년은 주머니 속 흰 조약돌을 만지며 개울가에서 소녀를 그리워한다. 어느 날 소녀를 만나 대추 선물을 받고 소년도 소녀를 위해 호두를 따서 기다리지만 결국 전해 주지 못하고 잠결에 부모님을 통해 소녀가 죽었다는 소식을 듣게 된다.

● 소년이 주머니 속에 호두, 대추, 흰 조약돌을 간직한 이유는 무엇일까?

● 소년이 소녀와 관련된 물건을 버리고 나서야 개울을 건널 수 있었던 이유는 무엇일까?

----

3 소년처럼 힘들고 어려웠던 일을 극복했던 자신의 경험에 대해 이야기해 보자.

● 힘들고 어려웠던 나의 경험:

_____
_____
_____
_____
_____

● 경험을 통해 내가 깨달은 점 / 경험을 통한 나의 변화:

_____
_____
_____
_____
_____

보리 방구 조수택

유은실

유은실

동화 작가. 1974년 서울에서 태어났다. 덕성여대 식품영양학과를 졸업하고 명지대에서 문
예창작을 공부했다. 『창비어린이』 2004년 겨울호에 동화 「내 이름은 백석」을 발표하며 등
단했다. 주요 작품으로 『나의 린드그렌 선생님』『우리 집에 온 마고 할미』『만국기 소년』
『멀쩡한 이유정』『마지막 이벤트』『우리 동네 미자 씨』 등이 있다.

읽기 전에 ~~~~~~~~~

세상은 참 다양한 사람들로 가득하지요. 사람들은 자기 기준에 맞지 않는
이를 싫어하며 배척하기도 합니다. 그런 사람들처럼 여러분도 친구를 싫
어하고 친구에게 상처를 준 경험이 있나요? 때로는 그런 친구를 배려하지
못하고 상처를 준 자신의 행동을 후회하기도 합니다. 여기 신문만 보면 '보
리 방구 조수택'이 생각나서 죄책감을 느끼는 윤희가 있습니다. 어떤 사연
이 있을까요? '보리 방구'라는 별명을 가진 수택이는 어떤 친구였을까요?
인물의 심리를 헤아려 보며 작품을 감상해 볼까요.

칠판 앞에는 우리 반 남자아이들이 다 나와 있었어. 하나같이 멋쩍은 표정이었지. 지나가는 사람이 보았다면 아마 단체로 벌서는 줄 알았을 거야.

"이번에 정하면 겨울 방학까지 않는 거다. 시작."

선생님은 마치 달리기 출발 신호를 하는 것처럼 손을 쭉 뻗으며 말씀하셨어. 나는 이게 몇 번째 짝 바꾸긴지 마음속으로 세고 있었지. 삼월부터 한 달에 한 번씩 바꿨으니까 삼, 사, 오, 육, 칠, 구, 십, 십일, 십이. 그래, 여름 방학 빼고 아홉 번째였어.

"우리 선생님은 짝을 이상하게 바꿔. 저번에는 여자들보고 맘에 드는 남자 옆에 앉으라고 하더니 말이야."

뒷자리에 앉은 아이가 투덜거렸어.

남자아이들은 계속 쭈뼛거렸지. 서로 다른 사람 뒤에 숨으려고만 했어. 나는 누가 와서 내 옆에 앉을까 궁금했어. 짝 바꾸기가 끝날 무렵까지 혼자 앉아 있으면 어쩌나 걱정도 되었어. 나는 키가 작아서 첫 줄에 앉아 있었거든. 특별히 나를 좋아하기 전에는, 아무도 맨 앞줄에 앉으려고 하지 않을 것 같았어.

"자, 누가 먼저 나올래? 어서 시작하자."

선생님이 재촉하시는데도 남자아이들은 계속 머뭇거리고만 있었어. 자꾸 칠판 쪽으로 물러서기만 했지.

그때 앞으로 나온 아이가 하나 있었어. 수택이였지. 여자들은 모두 바짝 긴장한 얼굴이었어. 아무도 걔하고는 짝을 하고 싶어 하지 않았거든.

수택이는 석간신문을 배달하는 아이였어. 머리는 자주 감지 않아서 기름이 흐르는 데다가 비듬이 덕지덕지 붙어 있었어. 손톱 밑은 새카맣고, 잠바 소맷부리는 때에 절어 번질대고 몸에서는 꼭 시궁창 냄새 같은 게 났어. 게다가 하루에 몇 번씩 방귀를 뀌는데 냄새가 아주 지독했어. 아이들은 수택이가 가까이 오는 것도 싫어했어.

수택이는 머리를 긁적이면서 한 발 한 발 앞으로 내디뎠어. 그러고는 우리 반에서 제일 도수가 높은 안경을 쓴 아이 옆에 앉았지. 나는 그만 숨이 멎어 버리는 것 같았어. 그게 바로 나였거든.

앞에 나와 있는 남자애들이 킥킥대기 시작했어. 자리에 앉아 있는 여자애들은 그제야 안심을 하는 눈치였고. 한숨을 후유 내쉬기도 하고, 속닥속닥 귀엣말도 주고받는 거야.

나는 얼굴이 빨갛게 달아올랐어.

'보리 방구 조수택이 내 짝이 되다니…….'

수택이 냄새보다 아이들이 킥킥대는 소리가 더 참기 힘들었지.

나는 바로 짝을 바꿔 달라고 말하고 싶었어. 그전에 수택이

짝이 된 아이들은 그렇게 해서 바꿨거든. 선생님은 물론 들어 주시지 않았지. 번번이 수택이가 바꿔 달라고 한 거였어. 짝이 싫어하는 눈치를 보이면 선생님한테 가서 이렇게 말했거든.

"선생님, 맨 뒷자리로 보내 주세요."

"왜?"

"혼자 있으면 가방 걸기도 편하고, 팔도 안 걸려서 좋거든요."

"그렇다고 자꾸 혼자 앉으면 어떡해?"

"그래도 짝꿍 팔에 걸려서 공부를 못 하겠어요. 뒤로 갈래요."

선생님은 가라, 가지 마라 말씀하시지 않았어. 입을 다물고 가만히 계셨지. 그러면 수택이는 조용히 자리로 돌아가 짐을 챙겨서 늘 앉던 자리로 돌아갔어. 교실 맨 뒤에 혼자 앉는 자리는 거의 수택이 차지였지.

그래도 나는 대놓고 싫어하는 눈치를 보일 수가 없었어. 1학기가 끝나 갈 무렵 나는 '착한 어린이 상'을 탔거든. 아이들이 투표해서 뽑아 준 거였지. 내가 그 상을 타고 싶어서 착하게 군 건 아니었어. 하지만 그 상을 탄 다음부턴 착한 어린이답게 행동하고 싶었어. 애들은 수택이를 보리 방구라고 놀리고 가까이 오는 것도 싫어했지만, 막상 짝을 바꾸겠다고 하면 나를 좋지 않게 볼 것만 같았어.

"쟤가 무슨 착한 어린이야?"

하고 수군대면서 말이야.

나는 수택이 냄새를 한번 견뎌 보기로 마음먹었어. 내가 조금 전에 보리 방구라고 말했던가? 그래, 보리 방구는 수택이

별명이었어. 이름보다 별명이 더 유명했지.

"우리 반 조수택 있잖아."

"니네 반 조수택이 누군데?"

"보리 방구 말이야."

"아, 보리 방구."

이럴 정도였으니까. 수택이는 별명대로 늘 보리밥을 먹었어. 쌀밥 속에 보리가 드문드문 섞인 그런 보리밥 말고, 쌀보다 보리가 더 많이 들어간 거뭇거뭇한 보리밥.

점심시간이 되면 아이들은 보온 도시락에서 따듯한 밥을 꺼내 먹었어. 우리 반에서 보온 도시락이 없는 사람은 수택이뿐이었지. 수택이는 고개를 숙이고 차갑게 식은 양은 도시락을 열었어. 그러고는 풀풀 날리는 보리밥을 꺼내 먹었지. 반찬도 고춧가루가 군데군데 묻어 있는 허연 깍두기 한 가지뿐이었어.

다른 애들은 삼삼오오 모여 앉아서 밥을 먹었어. 서로 반찬도 바꿔 먹고 말이야. 하지만 수택이는 늘 혼자였어.

수택이는 보리밥이랑 허연 깍두기 반찬이 부끄러웠던 모양이야. 늘 뚜껑으로 도시락 한쪽을 비스듬히 가리고 밥을 먹었지. 어깨를 움츠리고 왼팔로는 도시락이랑 깍두기 통을 가리면서 말이야.

"야, 첫눈이다."

"아니야, 진눈깨비야."

"하얗게 내리는데?"

"저 봐. 땅에 닿자마자 녹아 버리잖아."

그렇게 진눈깨비를 두고 첫눈이네, 아니네 하고 말씨름을 하던 때였어. 나는 수택이 냄새에 조금 익숙해져 있을 무렵이었고.

"자, 오늘부터 밥은 제자리에서 먹는다."

선생님 말씀에 아이들이 웅성댔어.

"날씨가 추워서 창문을 자주 못 여니까, 먼지를 내면 안 돼서 그래."

먼지 때문이라는 선생님 말씀을 우리는 이해할 수가 없었어.

"선생님, 교실에서 말뚝박기를 하는 것도 아닌데요."

"도시락 통 들고 몇 발짝 걷는데 무슨 먼지가 그렇게 나요?"

"화장실 가는 것보다도 조금 움직이는데요?"

아이들은 이상하니까 자꾸 얘기했어.

선생님은 우리 얘기를 잘 들어 주시는 편이었거든. 우리 말이 맞으면 선생님이 생각을 바꾸실 때도 있었어.

"내가 보기엔 먼지가 난다. 오늘부터 제자리에서 먹어라."

그날따라 선생님은 우리 얘기를 통 들어 주지 않으셨어. 교실은 갑자기 조용해졌지. 우리는 그렇게 딱딱한 선생님이 낯설었어. 나는 하는 수 없이 수택이 옆에서 밥을 먹게 되었지.

나도 깍두기를 자주 싸 왔어. 수택이처럼 날마다는 아니었지만. 내 깍두기는 고춧가루랑 젓갈이 넉넉히 들어가서 빨갛고 먹음직스러웠지. 나는 깍두기를 집어서 입으로 가져가다가 힐끗 수택이를 보게 되었어. 수택이는 뭔가 잘못한 아이 같았지.

몰래 훔쳐 먹는 아이처럼 허연 깍두기를 제대로 씹지도 못하고 삼키는 거야.

나는 조금 망설이다 용기를 내어 수택이 보리밥 위에 내 깍두기를 얹어 주었어. 젓가락으로 들어서 얼른 옮겨 놓고 고개를 푹 수그렸지. 수택이는 밥을 우물거리다 말고 멍하니 있었고.

한참 그렇게 보고만 있던 수택이가 젓가락으로 깍두기를 푹 찍었어. 그러고는 깍두기 하나를 조금씩 다섯 번으로 나눠서 먹는 거야. 도시락 밑으로 흘러내린 국물까지 밥으로 싹싹 닦아 먹었지.

"윤희야, 이거 어제 배달하고 남은 거야."

깍두기를 나눠 먹기 시작하고 얼마 안 되었을 때였어. 수택이는 어린이 신문을 한 부씩 갖다 주기 시작했어. 나는 차마 신문을 거절할 수가 없더라. 건네주는 손에 거무죽죽한 자줏빛이 돌았거든. 손등에는 여기저기 튼 자국이 있었고. 추운 날씨에 배달을 하느라고 동상에 걸렸던 모양이야. 나는 신문을 받아서 가방에 넣었어. 친구들이 알아챌까 봐 빨리 넣느라고 신문이 구겨져 버리곤 했지.

그렇게 손을 날쌔게 움직였는데도 본 아이가 있었나 봐. 그게 그만 소문이 나 버리고 말았어.

"야, 너 보리 방구랑 사귀냐? 너는 반찬 주고, 걔는 신문 주고 그런다며?"

소문은 삽시간에 퍼졌어. 다른 반 친구들도 곧 알게 되었지.

화장실 문에는 '구윤희♡보리 방구'라는 낙서까지 생겼어. 꼭 내 몸에서 시궁창 냄새가 나는 것만 같았어. 수택이랑 짝이 되던 날보다도 더 힘든 시간이었어.

나는 더 이상 깍두기를 나눠 먹지 않았어. 신문도 수택이 서랍에 도로 넣어 버렸지. 내 몸에서 수택이 냄새가 나는 것 같으니까 착한 어린이 상은 생각도 나지 않았어. 그저 빨리 소문이 가라앉기를, 겨울 방학이 시작되기를, 그래서 수택이랑 짝이 되지 않기를 바랄 뿐이었지.

내가 계속 신문을 도로 제 서랍에 넣는데도 수택이는 하루도 빠짐없이 내 책상 서랍 속에 신문을 넣어 두었어. 소문은 점점 퍼져 가고 말이야.

"다시는 나한테 신문 주지 마!"

나는 수택이 얼굴에 대고 단단히 으름장을 놓았지.

그렇게 으름장을 놓은 다음 날이었어. 그날은 아침 일찍부터 놀림을 받았어. 학교 오는 길에 옆 반 애들이 뒤에서 수군거리는 거야.

"쟤가 보리 방구랑 사귀는 애야?"

"연애편지도 책상 속에 넣는다는데."

나는 뒤로 돌아서서 아니라고 말하고 싶었지만 꾹 참았어. 그래 봤자 더 웃음거리만 될 것 같아서.

잔뜩 속이 상해서 교실로 들어왔는데 애들 몇 명이 내 책상 가까이에 몰려 있는 거야. 수택이가 옆에 앉아 있는데도 신문을 펼쳐서 읽다가 후닥닥 접어서 넣더라. 급히 넣는 바람에 신문 한 자락이 서랍 밖으로 비죽 튀어나와 버렸지.

나는 가만히 서서 수택이 어깨를 보았어. 어깨솔기가 터진 스웨터 틈으로 누렇게 바랜 내복이 보였지. 수택이는 어깨를 떨고 있었어. 누런 내복도, 낡고 터진 스웨터도 함께 떨렸지. 그리고 내 어깨도.

나는 서랍에서 신문을 꺼냈어. 신문을 들고 뒤로 돌아섰지. 나는 난로 쪽으로 성큼성큼 걸어갔고, 아이들 시선은 나한테로 모아졌어. 나는 난로 뚜껑을 열었어. 난로 속에는 석탄이 빨갛게 달구어져 있었지. 나는 두 손으로 있는 힘껏 신문을 구겨서 공처럼 만들었어. 그러고는 아이들 보란 듯이 신문을 난로 속에 던져 버렸단다.

신문에는 금세 불이 붙었어. 내 가슴은 쿵쾅쿵쾅 뛰기 시작했어. 교실은 숨소리도 들릴 만큼 조용했고. 나는 난로 뚜껑을 덮고 교실 밖으로 나가 버렸지. 그리고 다시는…… 다시는 말이야, 수택이 얼굴을 똑바로 보지 못했어.

다시 보지 못한 건 수택이 얼굴뿐이 아니었어. 바들바들 떨던 어깨도, 어깨를 축 늘어뜨린 뒷모습도 제대로 볼 수 없었어. 곧 겨울 방학이 되었고, 수택이는 방학 때 시골 친척 집으로 이사를 가 버리고 말았거든. 왜 갔는지 아는 사람은 아무도 없었어. 선생님은 가정 형편상 이사 갔다는 말만 하셨고.

나는 6학년이 되어서도 자꾸 태워 버린 신문 생각이 났어. 신문을 접거나 구길 때면 그날 구겨 버린 신문 생각이 났지. 초등학교를 졸업한 뒤에도 몇 년 동안 난로 속에 뭐를 집어넣는 것만 봐도, 신문 재가 목구멍을 꽉 막고 있는 것처럼 답답했어.

그리고 시간이 많이 흐른 지금도 이렇게 겨울 부츠 속에 신문지를 구겨 넣을 때면, 봄 신발을 꺼내 구겨 넣었던 신문지를 빼낼 때면, 나는 한참씩 수택이 생각에 잠긴단다. 수택이는 지금 어디서 어떻게 살까 궁금해지기도 하지.

어디서 무얼 했으면 좋겠냐고? 음…… 어디서 무얼 하든…… 그날이 생각나지 않았으면…… 생각나더라도 너무 아프지 않았으면…… 그랬으면, 내 친구 수택이가 꼭 그랬으면 좋겠어.

1 소설의 내용을 바탕으로 '조수택'이란 인물에 대해 파악해 보자.

● 외모의 특징은?

● 하는 일은?

석간신문을 배달함.

조수택,
그는 누구인가?

● 학교에서 수택이의 모습은?

늘 혼자 지냄.

● 별명은?

● 그 별명은 얻은 이유는?

----

2 윤희는 어릴 적 수택이와 관련된 경험을 소설로 써서 작가가 되었다. 다음은 기자와의 인터뷰 내용이다. 윤희의 입장이 되어 기자의 질문에 답해 보자.

- 기자: 수택이와 처음 짝이 되었을 때 심정은 어땠나요?
› 윤희: _____

_____

- 기자: 수택이의 보리밥 위에 왜 깍두기를 얹어 주었나요?
› 윤희: _____

_____

- 기자: 수택이가 준 신문을 왜 난로 속에 던져 버렸나요?
› 윤희: _____

_____

3 윤희가 깍두기를 수택이의 보리밥 위에 올려 준 날 수택이가 쓴 일기를 완성해 보자.

19**년 *월 *일
아이들은 나를 싫어한다. 하지만 이번에 짝이 된 윤희는 달랐다.

_____

_____

_____

_____

_____

_____

_____

_____

4 어른이 된 윤희가 수택이에게 보내는 편지글을 써 보자.

수택이에게

야, 춘기야

김옥

김옥

동화 작가. 1963년 전라북도 이리에서 태어났다. 전주교대를 졸업하고 초등학교 교사로
일하고 있다. 2000년 한국기독공보 제1회 신춘문예에 동화가 당선되어 등단하였다. 주요
작품으로 『학교에 간 개돌이』 『손바닥에 쓴 글씨』 『축구 생각』 『청소녀 백과사전』 『불을 가
진 아이』 등이 있다.

읽기전에 ～～～～～～

어느 날 여러분이 아침에 눈을 떴을 때 어른이 되어 있다면 무엇을 가장
해 보고 싶은가요? 친구들과 밤새 게임을 하거나, 이런저런 수다를 떨고
싶은가요? 혼자서 세계 곳곳을 돌아다니며 자유롭게 배낭여행을 해 보고
싶은가요? 청소년 관람 불가 영화를 당당히 보러 가거나 부모님의 동의
없이 아르바이트를 해서 용돈을 벌어 보고 싶은 생각도 들지요? 여기 빨
리 어른이 돼서 어디든 맘대로 가고도 싶고, 하고 싶은 일을 모두 해 보고
도 싶은 한 아이가 있습니다. '춘기'라는 또 다른 이름을 가진 그 아이가 가
족과의 관계 속에서 점점 성숙해 가는 과정을 살펴보기로 해요.

"춘기야, 야, 춘기야."

꿈결처럼 부르는 소리가 들렸다.

"방에 있는 거 다 아니까 문 열어. 아직 초저녁이야."

하지만 껌처럼 들러붙는 잠을 떨쳐 내기란 정말 힘들다. 다시 경계선을 넘어 잠의 세계로 달아나려는 순간, 책상 위에 있던 내 휴대 전화가 울리기 시작했다. 벌떡 일어나 전화를 받았다.

"여보세요?"

"춘기 너 방에 있으면서 왜 대답 안 해. 얼른 문 안 열어?"

엄마가 건 전화였다. 엄마는 거실에서, 그리고 내 휴대 전화 속에서 소리쳤다. 할 수 없이 문을 열자 엄마는 내 방문에 기대고 있었던 듯 휘청거리며 들어왔다. 짧게 자른 머리가 위로 다 뻗쳐 있다.

"대체 방문은 왜 꼭꼭 걸어 잠그는 거야. 아이고, 더워. 그리고 방 좀 치워라. 이게 다 뭐야."

"아휴, 또."

잔소리다. 나는 그대로 침대에 벌렁 누워 버렸다.

"혹시 너 내 허리띠 안 가져갔어?"

"내가 엄마 허리띠를 어떻게 알아? 그리고 왜 내가 춘기야.

멀쩡한 이름 놔두고."

나는 화를 내며 이불을 확 뒤집어써 버렸다. 그러자 엄마 목소리가 조금 누그러졌다.

"니가 그러니까 춘기지. 사춘기. 에구, 나도 사춘기 딸을 처음 키워 보는 거라 힘들다. 내가 자랄 때는 어른들 말도 잘 듣고 진짜 열심히 공부만 한 것 같은데."

엄마는 내 방 전신 거울에 요리조리 얼굴을 비춰 보더니 한숨을 푹 쉬면서 말했다.

"하여간 엄마 영어 학원 가서 공부하고 운동하다 오면 늦을지 모르니까, 너도 텔레비전만 보지 말고 수학 문제집 오늘 거다 풀어 놔. 알았지? 대신 저녁은 피자 시켜 먹어."

나는 벌떡 일어나며 말했다.

"또? 오늘 급식에서도 스파게티 나왔단 말야. 나 김치찌개 끓여 주고 가면 안 돼?"

"야, 춘기야, 너 참 이상하다. 다른 애들은 라면이나 피자 먹고 싶어서 안달이라는데, 넌 엄마 힘든 거 안 보이냐? 하루 종일 돈만 세다 왔더니 손가락이 다 저리다."

엄마는 매니큐어 바른 손가락을 피아노 치듯 허공에 두드리며 말했다.

"아무튼 내일 아침은 네 소원인 김치찌개 꼭 끓여 줄게."

엄마는 현관문을 '쾅' 닫고 허겁지겁 나갔다, 가 아니라 다시 벨을 눌렀다.

"휴대 전화, 엄마 휴대 전화 좀 주라. 깜박 잊을 뻔했네."

내가 휴대 전화를 가져다주자 엄마는 웃으며 말했다.

"야, 춘기야, 공부는 하면 할수록 재미있더라. 중간고사도 얼마 안 남았으니까 그만 누워 있고 공부해라, 응?"

내가 아무 말도 안 하니까 엄마는 나가려다 말고 한마디 덧붙였다.

"내가 몸은 나가지만 마음은 네 곁에 남겨 놓고 갈 테니까 올 때까지 자지 말고 공부해. 응? 아이스크림 사 올게."

그러고는 또 문을 '쾅' 닫고 나가 버렸다.

한바탕 전쟁이라도 치른 것 같다. 하긴 엄마의 생활 자체가 전쟁이긴 하다. 엄마는 낮에는 은행에서 돈을 세고, 밤이면 영어 학원에다가 운동까지 다닌다. 엄마는 늦게 하는 공부가 재미있다고 한다. 그러면서 가을이 되자 부쩍 나까지 들볶는다.

"중학교 가서 꼴등 하면 안 되니까 지금부터 공부 열심히 해 둬."

왜 중학교까지 미리 걱정해야 하는지 이해가 안 가는 나는 요즘 '멋 내기'라는 심오한 학문에 푹 빠져 있다. 정확히 말하면 '어른 흉내 내기'라고 해야 할 것이다. 내가 장담하는데 이건 우리를 성공적인 삶으로 이끈다는 공부보다 훨씬 재미있다.

나는 맘에 드는 엄마 허리띠를 몰래 차고 다닌다거나 엄마 샌들을 끌고 학교에 가기도 한다. 그런데도 엄마는 학교에서는 내가 모범생인 줄 알고 있다. 하지만 난 그냥 모범생인 척할 뿐이다. 그 가면을 쓰고 있으면 선생님이나 어른들을 대할 때 편하기 때문이다.

문제아인 애들도 진짜 속까지 문제아인 것은 아니다. 다만 그 애들도 그게 편하니까 그런 척할 뿐이다. 어른들만 속고 있지 애들은 다 아는 사실이다.

모범생이 피자를 시키기 위해 전화기에 손을 대자마자 전화벨이 먼저 울렸다.

"누구냐? 예린이냐?"

"아, 할머니."

내가 좋아하는 외할머니다. 어릴 적 엄마가 바빠서 할머니 댁 과수원에서 자라던 시절이 있었다. 그때는 엄마 없으면 큰일 나는 줄 알던 나이였다.

사과 따느라 바쁜 할머니에게 칭얼댈 때면 할머니는 말하곤 했다.

"아가, 할머니랑 껌 사러 가자."

그래서 지금도 그렇게 내가 껌 씹는 걸 좋아하는 걸까? 그건 잘 모르겠지만 확실히 아는 건 지금은 엄마가 곁에 있으면 불편할 때가 많다는 거다. 특히 내 방에 불쑥 들어와 힐끔 책상 위를 살필 때면 정말 짜증 난다.

"우리 예린이 잘 있었지? 엄마는 아직 안 왔어?"

"아니, 왔다가 학원에 갔어."

"우리 예린이만 혼자 놔두고? 쯧쯧, 날마다 바빠서 큰일이다."

할머니는 혀를 찼다.

"할머니 내일 너희 집 올라간다고 엄마에게 전해라."

나는 전화를 끊고 전화를 걸었다.

"피자 한 판 가져다주세요."

한참 뒤 저녁 식사가 도착했다. 모자를 푹 눌러쓴 청년이었다. 나는 안방 쪽을 보며 해외 취재 나가서 지금도 사진 찍느라 바쁠 아빠를 불렀다.

"아빠, 신발장 위에 있는 돈 줄게요."

그러자 청년은 공손하게 인사를 하고 나갔다.

"맛있게 드세요."

피자 먹을 때 빠져서는 안 될 것이 있는데, 그것은 바로 리모컨이다. 피자를 먹을 때는 꼭 텔레비전을 봐야 할 것 같기 때문이다. 그래서 피자 조각과 리모컨을 들고 차가운 가죽 소파로 올라갔다. 텔레비전에서는 낯선 사람들이 웃고 떠들고 있었다. 왠지 모르게 기분이 나빠졌다.

"빨리 어른이 되면 좋겠어. 그러면 혼자 있어도 심심하지도 무섭지도 않을 거야."

나는 피자 조각을 우물거리며 단짝 윤선이에게 휴대 전화 문자를 보내기 시작했다.

나 내일 그거 할래. 너도 그거 같이 하자.

다음 날, 1교시 수학이 끝날 때쯤이었다. 담임이 분필을 들고 칠판으로 돌아서는 순간, 나도 필통 지퍼를 열고 휴대 전화를 꺼냈다. 뒷문 쪽에 앉은 윤선이에게서 문자가 온 것이다.

'그거'에 관해 할 말이 있으니 '휴게실'에서 만나자고 했다. 나는 윤선이 쪽을 보며 웃어 주었다. 그러고 나자 수학 시간은 더 지겹게 느껴졌다. 마침내 쉬는 시간이 되어 따뜻한 물도 나오고 음악이 흐르는 우리들의 휴게실, 여자 화장실로 달려갔다. 윤선이는 다짜고짜 나를 끌고 맨 끝 칸으로 들어가더니 온갖 머리 모양을 한 사람들의 사진을 꺼내 보였다.

"우아, 많다. 언제 다 모은 거야?"

"네 문자 받자마자 우리 엄마 미장원에 가서 잡지를 살짝 들고 와 오렸지."

"철저히 준비해 왔네."

"예린이 너 맘 변할까 봐 그랬다. 그런데 너 그거 하면 너의 엄마한테 혼날 텐데. 괜찮겠어?"

"걱정 마. 먼저 나가 봐. 나 소변 좀 보고 나갈게."

갑자기 긴장된 나는 엄마 허리띠를 만지며 말했다.

학교가 끝나고 집에 들러 엄마 샌들로 갈아 신은 뒤 대형 할인점으로 갔다. 그리고 우리가 원하는 것을 샀다. 계산을 끝내고 그것을 손에 넣는 순간 정말 신났다.

아파트 엘리베이터 앞에서 윤선이가 큰 소리로 말했다.

"엘리베이터 타지 말고 그냥 계단으로 가자."

윤선이 목소리가 여느 때보다 커졌다. 특히 우리 집 앞에서는 내 어깨를 치면서 큰 소리로 웃었다. 우리 집 위층에는 연호가 살고, 연호는 윤선이가 좋아하는 남자 친구이기 때문이다.

모든 음모는 늘 비어 있는 우리 집에서 이루어진다. 윤선이랑 공포 영화 비디오를 빌려다 보는 곳도 우리 집이고, 떡볶이나 라면 끓여 먹는 것도 우리 집이다.

당연히 오늘 하기로 한 그거, 즉 머리 물들이기라는 엄청난 행사를 치르는 곳도 우리 집이다.

나는 엄마 샌들을 벗어 던지며 소리쳤다.

"얼른 염색하자, 얼른."

"잠깐, 설명서를 잘 읽어 봐야 해."

그리고 설명서에 써 있는 대로 머리 염색을 하기 시작했다. 재미있는 장난 같았다. 서로 깔깔대며 머리에 염색약을 발라 주고 비닐 같은 걸 뒤집어썼다.

소파에 다리를 꼰 채 앉아 있으려니 미장원에 온 손님 같은 기분이 들었다.

역시 지식은 경험에서 나온다.

머리 염색할 때 필요한 것은 바로 커피였다.

옆에 점잖게 앉아 있는 손님에게 물었다.

"손님, 기다리는 동안 커피라도 한 잔 하시겠어요?"

"네, 원 원 투예요."

커피, 프림 한 숟갈 그리고 설탕 두 숟갈이라는 소리다.

웃음을 꾹 참고 얼른 커피를 탔다. 염색약이 얼굴에 흘러내렸지만 주인답게 의젓하게 행동했다.

"드시지요."

우아하게 마시려는데 위층 연호네 집에서 연호 엄마 악쓰는 소리가 들렸다. 아무래도 오늘 연호 녀석 또 혼나나 보다. 반쯤 비닐에 덮인 윤선이 귀가 토끼처럼 쫑긋거렸다.

커피를 마시고 손톱 발톱 스무 개에 매니큐어를 바르자 시간이 다 되어 머리를 감았다. 드라이어로 말리고 나서 거울을 보았다. 갈색 머리를 한 낯선 두 여자아이가 서 있었다. 가발을 뒤집어쓴 것 같았다.

학교 화장실에서 봤던 연예인 사진 가운데 하나를 꺼내 머리 색깔을 견주어 보았다.

"똑같은 것 같기도 하고, 아닌 것 같기도 하고."

"더 멋진 것 같기도 하고, 예쁜 것 같기도 하고."

우리는 한꺼번에 큰 소리로 웃었다. 웃고 나자 두려웠다. 놀이는 끝났고 모험만 남았다.

오후에 엄마가 여느 때보다 훨씬 일찍 집에 들어왔다. 엄마를 맞이할 마음 준비가 끝나기도 전에 와 버려서 나도 놀랐지만, 엄마도 내 모습에 어지간히 놀랐나 보다.

한참을 입을 벌린 채 바라보더니 비명처럼 소리를 질렀다.

"머리 꼴이 그게 뭐야? 누가 우리 딸 머리를 그렇게 만들어 버렸어? 누구야 누구?"

"아니야, 엄마. 내가 집에서 했어."

내가 기어들어 가는 소리로 말하자 엄마의 짧은 머리카락이 일일이 곤두서는 것 같더니 눈동자가 커질 대로 커졌다.

"너 미쳤구나? 학생이 염색을 다 하고."

"윤선이도 했는데."

내 말대꾸에 엄마는 불같이 화를 내기 시작했다.

"집에서 하라는 공부는 안 하고 잘한다. 응? 그리고 매니큐어는 왜 발랐어? 너 지금 한 것 내 허리띠 맞지? 도저히 참을 수 없어. 날마다 엉뚱한 짓이나 하고."

엄마는 내가 차고 있던 허리띠를 휙 빼앗아 가더니만 또다시 소리쳤다.

"휴대 전화도 압수야! 내가 너만 한 나이 때는 공부만 하고 책만 읽었다. 도대체 누굴 닮아 엉뚱한 궁리만 하는 거야?"

휴대 전화를 뺏기고 나자 억울해서 눈물이 다 나왔다. 더 이상 참을 수가 없어 소리쳤다.

"엄마도 화장하고 파마도 하잖아."

"나하고 너하고 같아? 나는 어른이고 너는 학생이잖아."

"그럼 엄마처럼 바쁘다는 핑계로 딸 밥도 잘 안 챙겨 주는 거는 엄마 노릇 잘하는 거야?"

나는 울면서 소리쳤다.

"내가 누구 때문에 이렇게 열심히 사는데……."

"누군 누구야. 엄마가 좋아서 엄마 인생 사는 거지. 나는 바보처럼 공부만 하면서 살고 싶지 않아. 해 보고 싶은 것은 다 하면서 살 거야. 그리고 절대로 엄마처럼은 살지 않을 거야."

엄마 눈이 휘둥그레졌다.

짧은 순간 커다란 눈 가득 눈물을 글썽이더니 내 등짝을 세게 후려치며 말했다.

"난 애들이 어른한테 대드는 꼴은 죽어도 못 봐. 하여간 검은 염색약 사다 다시 염색할 거니까 그런 줄 알아."

나는 내 방에 들어가 문을 걸어 잠그고 엉엉 울었다.

'집 나가 버릴 거야. 혼자서도 얼마든지 살 수 있어.'

한참 뒤 엄마가 현관을 나가는 소리가 들렸다.

'검은 염색약 사러 가는 건가?' 하는 생각이 들었지만 나가 보지는 않았다.

한참 있다 화장실로 가 세수를 했다. 거울 속에는 어른도 아이도 아닌 갈색 머리가 서 있었다.

'어서 저 낯선 애와 친해져야 할 텐데.'

한참 뒤 돌아온 엄마는 혼자가 아니었다. 지하철역에 가서 외할머니를 모셔 온 것이다.

엄마는 내게 눈을 흘기며 말했다.

"할머니한테 인사도 안 해?"

할머니를 보자 조금 기분이 풀어진 나도 함께 눈을 흘겨 주고는 할머니에게 매달렸다.

"할머니. 히잉."

짧은 은발에 잘 익은 사과처럼 발갛게 그을린 할머니는 날 보고 활짝 웃으셨다. 서툴게 칠한 빨간 입술이랑 울퉁불퉁 검은 눈썹이 꼭 애들이 물감 잔뜩 묻힌 붓으로 장난쳐 놓은 것 같다. 피식 웃음이 나왔다.

"아이고, 우리 예린이 공부하느라고 힘든가 비쩍 말랐네."

그러자 엄마가 입을 삐쭉이며 말했다.

"공부는 무슨, 멋 내느라고 정신없대요. 저 멋진 머리 좀 봐."

그런데 할머니는 오면서 이미 엄마에게 이야기를 들으셨나
보다.

"생각보다 잘 들었네. 우리 예린이가 영리하고 손재주가 좋
아."

"손재주 좋으면 뭐해. 그럴 시간 있으면 공부나 하지. 이따
염색약 사다가 검게 물들여 버려야지."

그 말에 다시 화가 난 나는 엄마를 노려보며 말했다.

"그럼 나 집 나가 버릴 거야."

"나가라, 누가 무서워할 줄 알고."

엄마는 눈 하나 깜짝하지 않는다. 정말 인정 없는 엄마다.

"놔둬라. 너도 중학교 때 연탄집게 달궈서 머리 파마한다고
태워 먹고 온통 난리 친 적 있잖아? 벌써 잊어버렸나?"

"정말? 할머니, 그게 정말이야?"

내가 되묻자 엄마는 당황하면서 말했다.

"어휴, 엄마는 애 앞에서 그런 소리 하면 어떡해."

그러더니 그 뒤로는 신기하게도 내 머리 염색에 관한 말은
쏙 들어가 버렸다. 아무래도 엄마의 성장 과정에 뭔가 숨겨진
비밀이 있는 것 같다.

우리는 셋이서 식탁에 둘러앉아 저녁을 먹었다. 그리고 할머
니가 가져온 사과를 먹었다. 사과는 단물이 줄줄 흘렀다.

할머니는 엄마랑 함께 안방에서 자기로 했다.

나는 할머니를 졸랐다.

"할머니, 나랑 같이 자. 응?"

"우리 엄마다. 왜 빼앗아 가려고 그래?"

엄마가 마음이 많이 풀렸는지 농담을 했다.

결국 할머니랑 엄마랑 나는 거실에 나란히 누웠다. 우리는 사이좋게 텔레비전을 보았다. 엄마는 시골 동네 사람들 안부부터 할머니네 똥개 백호의 소식까지 묻더니 피곤한지 이내 코를 골며 잠이 들었다. 기다리던 순간이었다.

나는 엄마 잠든 걸 확인하고 할머니에게 소곤소곤 물었다.

"할머니, 엄마는 나만 할 때 공부만 했어?"

그러자 할머니가 잠이 묻은 소리로 말했다.

"누구? 니 엄마가?"

"응, 공부가 너무 재미있어서 멋도 안 부리고 죽으라고 공부만 했대. 그래서 나는 엄마 딸 같지가 않대. 엄마 닮은 구석이 하나도 없어서 그렇게 놀 궁리만 하는 거래."

"아이고, 별소리를 다 한다. 내 새끼가 어때서. 사과처럼 예쁘기만 하구먼. 힝, 저 클 때는 안 그랬나? 그때 남학생들이랑 빵집으로 들판으로 극장으로 얼마나 쏘다니던지 내가 학교도 한번 불려 가고 진짜 속 썩었는데 그건 까맣게 잊었는가 보다."

"정말? 엄마가 그렇게 할머니 속을 썩였단 말야?"

할머니는 아차 했는지 입을 다물더니 얼른 덧붙였다.

"아니, 뭐냐 저, 그게 아니고, 그래도 네 엄마는 형제들 중에 가장 인정이 많았어. 속 썩일 때도 있었지만 용돈 모아서 선물도 사다 주고 과수원 일하고 오면 등도 주물러 주고 애교도 부리고 하던 건 네 엄마였단다."

엄마의 비밀이 드러나 버렸다. 그동안 나만 감쪽같이 속았다. 역시 얼른 어른이 돼야 한다.

"할머니, 나도 얼른 어른이 되면 좋겠어. 어디든 맘대로 가고 내 맘대로 다 해 볼 거야."

그러자 할머니는 웃으며 말했다.

"암, 그래야지. 우리 예린이는 잘할 수 있을 거야. 할머니는 우리 예린이를 믿어요. 무엇이든 하고 싶은 것은 다 해 보고 세상을 돌아다녀 보렴. 그런데 예린아, 사과는 오랫동안 충분히 익어야 달고 맛있단다. 햇빛도 맘껏 쬐고 별빛도 맘껏 받고 비도 맞고 바람도 받고 이슬도 먹고, 먹고……."

"……?"

이상해서 보니 할머니는 어느새 잠들어 있고 엄마의 코 고는 소리만 요란하다.

'엄마는 그래 놓고 나한테는 그렇게 거짓말을 했단 말야?'

자는 엄마 모습을 보니 이상하게도 화가 나기보다 피식 웃음이 나왔다. 엄마에게도 나와 같은 시절이 있었던 것이다. 아무래도 집 나가는 것은 잠깐 뒤로 미뤄야겠다.

할머니랑 할머니 속에서 나온 엄마랑, 엄마 속에서 나온 나는 나란히 누워 그렇게 잠이 들었다.

할머니는 닷새 동안 우리 집에 머물렀다. 엄마가 더 있으라고 졸랐지만, 할머니는 이제부터는 열심히 사과만 따야 하는 때가 됐다고 했다.

우리 집에 온 이튿날, 할머니는 여러 종류의 김치를 담그고 김치찌개를 끓였다. 엄마는 할머니에게 편안한 신발을 한 켤레 사 드렸다. 그다음 날, 할머니는 된장찌개를 끓이고 골고루 밑반찬을 만들었다. 엄마는 할머니를 모시고 안경점으로 가 안경을 맞춰 드렸다. 또 그다음 날, 할머니는 오리탕을 끓이고 엄마랑 나는 할머니 머리를 염색약으로 검게 물들여 드렸다. 그리고 사과보다 더 빨간 옷을 한 벌 사 드렸다. 할머니는 점점 젊어졌다.

"역시 우리 엄마 음식 솜씨가 최고야."

할머니가 끓여 준 오리탕을 먹으며 엄마는 젊어진 할머니 앞에서 어린애처럼 어리광을 부렸다. 나는 확실히 알았다.

'우리 엄마도 누군가의 딸이구나.'

그리고 정확히 닷새째 되는 날 할머니는 내려갔다. 닷새는 엄마와 나의 몸과 영혼이 회복되기에 충분한 시간이었다.

할머니를 지하철역까지 바래다 준 엄마는 자전거를 꺼내더니 말했다.

"야, 춘기야. 우리 들꽃 공원으로 운동하러 가자."

엄마는 내가 좋아하는 초록 껌 하나를 내밀었다. 엄마가 내미는 껌 하나에 마음이 열린 나는 인라인스케이트를 신고 따라나섰다.

"우리 누가 잘 타나 시합할까?"

"당연히 내가 이기지. 엄마는 절대 내 속도를 따라올 수 없을걸."

"그러니까 이 엄마가 서툴러서 넘어질 때면 네가 좀 봐줘라. 응?"

"그건 내가 엄마에게 하고 싶던 말이라고. 아 참, 내가 엄마 머리도 빨갛게 염색해 줄까?"

그러자 엄마 자전거가 휘청거렸다. 엄마는 얼른 균형을 잡더니 내게 눈을 흘겼다. 나는 큰 소리로 웃었다.

우리는 들꽃 공원을 신나게 돌았다. 함께 '딱딱' 소리 내어 씹는 껌 소리가 경쾌하게 울려 퍼졌다. 꼭 이중창 같았다.

1 다음 왼쪽의 단어를 활용하여 이 소설의 줄거리를 정리해 보자.

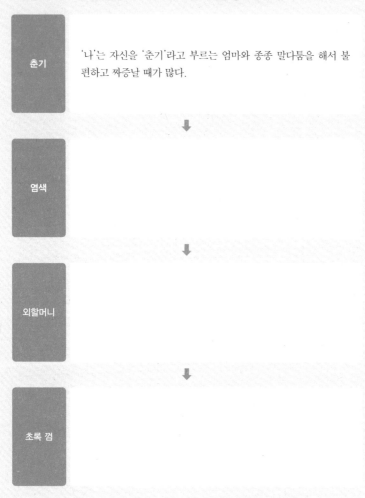

춘기 | '나'는 자신을 '춘기'라고 부르는 엄마와 종종 말다툼을 해서 불편하고 짜증날 때가 많다.

염색

외할머니

초록 껌

2 '나'는 외할머니를 통해 엄마의 성장 과정에 숨겨진 비밀을 알게 된다. 그 후 서로를 이해하게 된 엄마와 '나'의 속마음을 상상해 보자.

'춘기'로 불리는 '나'	엄마의 '춘기' 시절
• 엄마 허리띠를 몰래 차고 다니거나 엄마 샌들을 끌고 학교에 감. • 엄마 몰래 염색을 함. • 커피를 마시고 매니큐어를 바름.	• 중학교 때 연탄집게 달궈서 머리를 파마하다가 태워 먹음. • 남학생들이랑 빵집으로 들판으로 극장으로 돌아다님. • 할머니가 엄마의 일로 학교에 불려 감.

엄마

아, 나도 우리 딸 같은 시절이 있었지.

'나'

하하~ 엄마도 나와
같은 시절이 있었다니…….

3 만약 지금 내가 어른이 된다면 무슨 일을 해 보고 싶은지 이야기해 보자.

> 만약 지금 내가 어른이 된다면?
>
> 1. _____
>
> 2. _____
>
> 3. _____

4 부모님에 대한 불만이나 갈등이 있을 때, 이를 해결하기 위해 자신이 할 수 있는
바람직한 방법과 노력을 이야기해 보자.

> ● 부모님에 대한 불만이나 갈등이 있었던 나의 경험:
>
> _____
>
> _____
>
> _____
>
> _____
>
> _____
>
> ● 불만이나 갈등을 해결하기 위해 자신이 할 수 있는 바람직한 방법과 노력:
>
> _____
>
> _____
>
> _____
>
> _____
>
> _____

2부

인물과 갈등

　세상을 살다 보면 다양한 갈등 상황에 놓이게 됩니다. 갈등이란 서로 생각이나 처한 위치, 이해하는 정도가 달라서 맞부딪치는 것을 말하지요. 갈등은 우리를 좌절하게 하기도 하고 깊은 고민에 빠지게 만들기도 합니다. 우리들은 갈등 속에서 괴로워하고 아파하지요. 하지만 갈등은 우리에게 삶을 깊이 들여다볼 수 있는 기회를 줍니다. 또한 갈등을 겪고 해결하면서 조금씩 성장하기도 합니다. 나와 나, 나와 세상, 나와 다른 사람의 끊임없는 부대낌이 우리의 성장을 돕습니다. 소설 읽기는 그런 성장의 기회를 간접적으로 제공해 줍니다.

　소설에서의 갈등은 인물들의 속마음과 겉으로 드러나는 행동, 자신의 생각과 주변 환경, 세상과 부딪치는 모습 등을 구체적으로 보여 줍니다. 소설 속의 다양한 인물의 삶을 들여다보며 우리는 자기 자신과 타인을 더 깊이 이해할 수 있습니다. 또한 소설 속 인물들이 갈등을 해결해 가는 모습을 보며 용기를 얻기도 합니다. 우리가 소설을 읽는 이유 중 하나는 다양한 삶을 이해하고, 다른 사람과 더불어 사는 지혜를 배우기 위해서입니다.

　제2부 '인물과 갈등'에는 현덕의 「하늘은 맑건만」, 박완서의 「자전거 도둑」, 오승희의 「할머니를 따라간 메주」, 전성태의 「소를 줍다」, 김유정의 「동백꽃」을 수록했습니다.

　떳떳하지 못한 행동으로 고민하는 문기, 잘못된 행동에 대해 칭찬을 받은 수남이가 주인공으로 등장하는 작품도 있습니다. 편리한 삶의 방식에 익숙한 어머니와 옛것을 따르고자 하는 할머니의 대립, 주운 소를 둘러싼 동맹이와 아버지의 갈등, 소년 소녀의 순박한 사랑과 갈등을 보여 주는 작품도 있습니다. 모두 여러분 나이에 고민하고 경험해 볼 만한 이야기들이지요. 이들 작품 속에서 갈등을 겪는 인물들의 심리, 갈등을 풀어 가는 방식을 눈여겨보면 좋겠습니다. 갈등은 긴장감과 흥미를 불러일으키는 요소이기도 하지요. 이제 소설 속 주인공이 '나'라고 생각하며 즐겁게 이야기 속에 빠져 봅시다.

하늘은 맑건만

현덕

현덕

소설가. 1909년 서울에서 태어나 대부도에서 어린 시절을 보냈다. 1932년 동아일보 신춘
문예에 동화 「고무신」이 가작으로 뽑히고, 1938년 조선일보 신춘문예에 소설 「남생이」가
당선되어 등단하였다. 한국 전쟁 때 월북하였다. 주요 작품으로 『집을 나간 소년』 『포도와
구슬』 『토끼 삼형제』 『남생이』 등이 있다.

읽기전에 〰〰〰〰〰

여러분은 자신의 양심에 부끄러운 일을 해 본 적이 있나요? 주위 사람들
이 나의 잘못을 다 알고 있는 것 같아 눈치를 살피며 조마조마해하던 경험
이 있나요? 여기 고깃간 주인의 실수로 많은 거스름돈을 받게 된 소년이
있습니다. 소년은 어떤 선택을 하게 될까요? 그리고 소년에게는 어떤 일
이 일어날까요? 소년의 갈등이 어떻게 전개되다가 어떻게 해결되는지 주
의 깊게 살펴보며 작품을 감상해 볼까요.

중문 안 안반[*] 뒤에 숨기어 둔 공이 간 데가 없다. 팔을 넣어 아무리 더듬어도 빈탕이다. 문기는 가슴이 두근거리기 시작하였다.

'혹 동네 아이들이 집어 갔을까?'

도리어 그랬으면 다행이다. 만일에 그 공이 숙모 손에 들어가기나 했으면 큰일이다.

문기는 아무 일 없는 태도로 전일과 다름없이 안마당에서 화초분에 물을 준다. 그러면서 연해 숙모의 눈치를 살핀다. 숙모는 부엌에서 저녁을 짓는다. 마루로 부엌으로 오르고 내릴 때 얼굴이 마주치는 것이나 문기는 자기를 보는 숙모 눈에 별다른 것이 없다 싶었다. 문기는 차츰 생각을 고친다.

'필시 공은 거지나 동네 아이들이 집어 갔기 쉽지. 그렇잖으면 작은어머니가 알고 가만있을 리 있나.'

조금 후 문기는 아랫방으로 내려갔다.

그리고 책상 서랍을 열어 보았을 때 문기는 또 좀 놀랐다. 서랍 속에 깊숙이 간직해 둔 쌍안경이 보이질 않는다. 그것뿐이

• 안반 떡을 칠 때에 쓰는 두껍고 넓은 나무 판.

아니다. 서랍 안이 뒤죽박죽이고 누가 손을 댔음이 분명하다.

'인제 얼마 안 있으면 작은아버지가 회사에서 돌아오시겠지. 그리고 필시 일은 나고 말리라.'

문기는 책상 앞에 돌아앉아 책을 펴 들었다.

그러나 눈은 아물아물 가슴은 두근두근 도시° 글이 읽히질 않는다.

며칠 전 일이다. 문기는 저녁에 쓸 고기 한 근을 사 오라고 숙모에게 지전° 한 장을 받았다. 언제나 그맘때면 사람이 붐비는 삼거리 고깃간이다. 한참을 기다려서 문기 차례가 왔다. 문기는 지전을 내밀었다. 뚱뚱보 고깃간 주인은 그 돈을 받아 둥구미에 넣고 천천히 고기를 베어 저울에 단 후 종이에 말아 내밀었다. 그리고 그 거스름돈으로 지전 아홉 장과 그 위에 은전 몇 닢을 얹어 내주는 것이 아닌가. 문기는 어리둥절하였다. 처음 그 돈을 숙모에게 받을 때와 고깃간 주인에게 내밀 때까지도 일 원짜리로만 알았던 것이다. 문기는 돈과 주인을 의심스레 쳐다보았다. 허나 그는 다음 사람의 고기를 베느라 분주하다. 문기는 주뼛주뼛하는 사이 사람에게 밀려 뒷줄로 나오고 말았다. 그러나 다시 생각하면 정말 숙모가 일 원짜리를 준 것인지 아닌지 모르겠다. 아니라면 도리어 큰일이 아닌가. 하여튼 먼저 숙모에게 알아볼 일이었다. 문기는 집을 향해 돌아가

° 도시 도무지.
° 지전 종이돈. 지폐.

면서도 연해 고개를 기웃거리며 그 일을 생각하였다. 내가 잘 못 본 것인가, 고깃간 주인이 잘못 본 것인가 하고.

골목 모퉁이를 꺾어 돌아섰다. 서너 간* 앞을 서서 동무 수만 이가 간다. 문기는 쫓아가 그와 나란히 서며

"너 집에 인제 가니?"

하고 어깨에 손을 걸고

"이거 이상한 일 아냐?"

"뭐가 말야?"

"고길 사러 갔는데 말야. 난 일 원짜리로 알구 냈는데 십 원 으로 거슬러 주니 말야."

"정말야? 어디 봐."

문기는 손바닥을 펴 돈과 또 고기를 보였다. 수만이는 잠시 눈을 끔벅끔벅 무슨 궁리를 하는 듯 문기 얼굴을 보고 섰더니

"너 이렇게 해 봐라."

"어떻게 말야?"

"먼저 잔돈만 너희 작은어머니에게 주는 거야."

"그리고 어떡해."

"그리고 아무 말 없거든 내게로 나와. 헐 일이 있으니."

"무슨 헐 일?"

"글쎄, 그러구만 나와. 다 좋은 일이 있으니."

마침내 문기는 수만이가 이르는 대로 잔돈만 양복 주머니에

• 간(間) 길이의 단위. 한 간은 1.81818미터에 해당한다.

서 꺼내 놓았다. 숙모는 그 돈을 받아 두 번 자세히 세 보고 주머니에 넣고는 아무 말 없이 돌아서 고기를 썻는다. 그래도 문기는 한동안 머뭇머뭇 눈치를 보다가 슬며시 밖으로 나갔다. 그리고 문밖엔 수만이가 이상한 웃음으로 그를 맞이하였다.

수만이가 있다던 좋은 일이란 다른 것이 아니었다. 거리에서 보고 지내던 온갖 가지고 싶고 해 보고 싶은 가지가지를 한번 모조리 돈으로 바꾸어 보자는 것이다.

그러나 문기는

"돈을 쓰면 어떻게 되니."

"염려 없어. 나 하는 대로만 해."

하고 머뭇거리는 문기 어깨에 팔을 걸고 수만이는 우쭐거리며 걸음을 옮긴다.

하긴 문기 또한 돈으로 바꾸고 싶은 것이 없지 않은 터, 그리고 수만이가 시키는 대로 하기만 하면 남이 하래서 하는 것이니까 어떻게 자기 책임은 없는 듯싶었다. 그리고 수만이는 수만이대로 돈은 문기가 만든 돈, 나중에 무슨 일이 난다 하여도 자기 책임은 없으니까 또 안심이었다. 이래서 두 소년은 마침내 손이 맞고* 말았다.

그래도 으슥한 골목을 걸을 때에는 알 수 없는 두려움에 가슴이 두근거리었으나 밝은 큰 행길로 나오자 차차 다른 기쁨으로 변했다. 길 좌우편 환한 상점 유리창 안의 온갖 것이 모

* 손이 맞다 무슨 일을 하는 데 의견이 맞다.

두 제 것인 양, 손짓해 부르는 듯했다. 드디어 그들은 공을 샀다. 만년필을 샀다. 쌍안경을 샀다. 만화책을 샀다. 그리고 활동사진˙ 구경도 갔다. 다니며 이것저것 군것질도 했다.

그리고 그 남저지˙ 돈으로 또 한 가지 즐거운 계획이 있었다. 조그만 환등기계˙ 한 틀을 사자는 것이다. 이것을 놀려 아이들에게 일 전씩 받고 구경을 시킨다. 그리고 여기서 나오는 것으로 두고두고 용돈에 주리지 않도록 하자는 계획이다. 하고 오늘 저녁부터 그 첫 착수를 하자는 약조였다.

그러나 이 즐거운 계획을 앞두고 이내 올 것은 오고 말았다. 안방에서 저녁상을 받고 앉았던 삼촌은 문기를 불렀다. 두 번 세 번 문기야, 소리가 아랫방 창을 울린다. 방 안에서 문기는 못 들은 양 대답지 않는다. 그러나 네 번째는 안방 미닫이를 열고 삼촌은

"문기 아랫방에 없니?"

댓돌 위에 신이 놓여 있는데 없는 양할 수는 없다. 기어이 문기는 그 삼촌 앞에 나가 무릎을 꿇고 앉지 않을 수 없었다. 삼촌은 잠잠히 식사를 계속한다. 그 상 밑에, 안반 뒤에 숨겨 두었던 공이 와 있다. 상을 물릴 임시˙에 삼촌은 입을 열었다.

"너 요새 학교에 매일 갔었니?"

• 활동사진 '영화'의 옛 용어.
• 남저지 '나머지'의 사투리.
• 환등기계 환등 장치를 이용하여 그림, 필름 따위를 확대하여 스크린에 비추는 기계. 환등틀.
• 임시 정해진 시간에 이름. 또는 그 무렵.

“네.”

삼촌은 상 밑에 그 공을 굴려 내며

“이거 웬 공이냐?”

“수만이가 준 공예요.”

“이것두?”

하고 삼촌은 무릎 밑에서 쌍안경을 꺼내 들었다.

“네.”

“수만이란 얼마나 돈을 잘 쓰는 아인지 몰라두 이 공은 오십 전은 줬겠구나. 이건 못 줘두 일 원은 넘겨 줬겠구.”

그리고 삼촌은

“수만이란 뭣 하는 집 아이냐?”

문기는 고개를 숙이고 앉아 말이 없다. 삼촌은 숭늉을 마시고 상을 물렸다.

“네 입으로 수만이가 줬다니 네 말이 옳겠지. 설마 네가 날 속이기야 하겠니. 하지만 남이 준다고 아무것이고 덥적덥적 받는다는 것두 좀 생각해 볼 일이거든.”

삼촌은 다시 말을 계속한다.

“말 들으니 너 요샌 저녁두 가끔 나가 먹는다더구나. 그것두 수만이에게 얻어먹는 거냐?”

문기는 벌겋게 얼굴이 달아 수그리고 앉았다. 삼촌은 잠시 묵묵히 건너다만 보고 있더니 음성을 고쳐 엄한 어조로

“어머님은 어려서 돌아가시구 아버지는 저 모양이시구, 앞으로 집안을 일으킬 사람은 너 하나야. 성실치 못한 아이들하

고 얼려 다니다 혹 나쁜 데 빠지거나 하면 첫째 네 꼴은 뭐구 내 모양은 뭐냐. 난 너 하나는 어디까지든지 공부도 시키구 사람을 만들어 주려구 애쓰는데 너두 그 뜻을 받아 주어야 사람이 아니냐."

그리고 삼촌은 어떻게 뒤뚝 맘 한번 잘못 가졌다가 영 신세를 망치고 마는 예를 이것저것 들어 말씀하고는 이후론 절대 이런 것 받아들이지 말라는 단단한 다짐을 받은 후 문기를 내보냈다.

문기는 아랫방에 내려와 혼자 되자 삼촌 앞에서보다 갑절 얼굴이 달아올랐다. 지금까지 될 수 있는 대로 생각지 않으려고 힘을 써 오던 그편에 정면으로 제 몸을 세워 놓고 보지 않을 수 없었다. 그러자 자기라는 몸은 벌써 삼촌의 이른바 나쁜 데 빠지고 만 것이었다. 그야 자기는 수만이가 시켜서 한 일이니까 잘못이 없다는 것이지만 당초에 그것은 제 허물을 남에게 밀려는 얄미운 구실이 아니고 뭐냐. 그리고 문기는 이미 삼촌을 속이었다. 또 써서는 아니 될 돈을 쓰고 말았다. 아아, 일찍이 어머니를 여의고 아버지란 사람은 일상 천 냥 만 냥 하고 허한* 소리만 하면서 남루한 주제에 거처가 없이 시골 서울로 돌아다니는 사람이고, 어려서부터 문기를 길러 낸 사람이 삼촌이었다. 그리고 조카의 장래를 자기의 그것보다 더 중히 알고 염려하며 잘되어 주기를 바라는 삼촌이었다. 문기도 그 삼

• 허하다 속이 비다. 참되지 않고 터무니없다.

촌의 기대에 어그러지지 않는 인물이 되어 보이겠다고 엊그제도 주먹을 쥐고 결심하던 문기가 아니냐. 생각할수록 낯이 뜨거워지는 일이다.

마침내 문기는 공과 쌍안경을 집어 들고 문밖으로 나갔다. 어둑어둑 저물어 가는 행길이다. 문기는 골목으로 들어섰다. 대낮에 많은 사람 가운데서 거리낌 없이 가지고 놀던 그 공이 지금은 사람이 드문 골목 안에서도 남이 볼까 두려워졌다. 컴컴해질수록 더 허옇게 드러나 보이는 커다란 공을 처치하기에 곤란해 문기는 옆으로 꼈다 뒤로 돌렸다 하며 사람의 눈을 피한다. 쌍안경이 든 불룩한 주머니가 또 성화다. 골목 하나를 돌아서 나올 즈음 문기는 모르고 흘리는 것인 양 슬며시 쌍안경을 꺼내 길바닥에 떨어뜨리었다. 그리고 걸음을 빨리 건너편 골목으로 들어간다. 개천가 앞에 이르렀다. 거기서 문기는 커다란 공을 바지 앞에 품고 앉아서 길 가는 사람이 없기를 기다린다.

자전거가 가고 노인이 오고 동이 뜬* 그 중간을 타서 문기는 허옇게 흐르는 물 위로 공을 던져 버리었다. 이어 양복 안주머니에 간직해 두었던 남저지 돈을 꺼내 들었다. 그것도 마저 던져 버리려다가 문득 들었던 손을 멈춘다. 그리고 잠시 둥실둥실 물을 따라 떠나가는 공을 통쾌한 듯 바라보다가는 돌아서 걸음을 옮긴다.

* 동이 뜨다 사이가 조금 생기다.

문기는 삼거리 고깃간을 향해 갔다. 그리고 골목으로 돌아가 남저지 돈을 종이에 싸서 담 너머로 그 집 안마당을 향해 던졌다.

그제야 문기는 무거운 짐을 풀어 놓은 듯 어깨가 거뜬했다. 아까 물 위로 둥실둥실 떠가던 그 공, 지금은 벌써 십 리고 이십 리고 멀리 떠갔을 듯싶은 그 공과 함께 문기는 자기의 허물도 멀리 사라져 깨끗이 벗어난 듯 속이 후련했다. 그리고

'다시는 다시는.'

하고 문기는 두 번 다시 그런 허물을 범하지 않겠다고 백번 다지며 집을 향해 돌아간다.

그러나 문기는 그것만으로는 도저히 자기 허물을 완전히 벗을 수 없었다. 그가 자기 집 어귀에 이르렀을 때 뜻하지 않은 것이 기다리고 있다 나타났다.

"너 어디 갔다 오니?"

하고 컴컴한 처마 밑에서 수만이가 튀어나오며 반긴다.

"지금 느이 집 다녀오는 길이다."

그리고 문기 어깨에 팔 하나를 걸고 행길을 향해 돌아서며

"어서 가자."

약조한 환등틀을 사러 가자는 것이다. 극장 앞 장난감 가게에 있는 조그만 환등틀을 오고 가는 길에 물건도 보고 금*도 보아 두었던 것이다. 그리고 오늘 낮에도 보고 온 것이건만 수

---

* 금 시세나 흥정에 따라 결정되는 물건의 값.

만이는

"그새 팔리지나 않았을까?"

하고 걸음을 재촉한다. 문기는 생각 없이 몇 걸음 끌려가다가는 갑자기 그 팔을 쳐 내리며 물러선다.

"난 싫다."

수만이는 어리둥절해 쳐다본다.

"뭐 말야. 환등틀 사기 싫단 말야?"

"난 인제 돈 가진 것 없다."

"뭐?"

하고 수만이는 의외라는 듯 눈이 둥그레지다가는 금세 능청스러운 웃음을 지으며

"너 혼자 두고 쓰잔 말이지? 그러지 말구 어서 가자."

"정말 없어. 지금 고깃간집 안마당으로 던져 주고 오는 길야. 공두 쌍안경두 버리구."

하고 문기는 증거를 보이느라고 이쪽저쪽 주머니를 털어 보이는 것이나 수만이는 흥 하고 코웃음을 친다.

"누군 너만 못 약을 줄 아니?"

그리고 연신 빈정댄다.

"고깃간집 마당으로 던졌다? 아주 핑계가 됐거든."

"거짓말 아니다. 참말야."

할 뿐, 문기는 어떻게 변명할 줄을 몰라 쳐다보기만 하다가 고개를 떨어뜨리고 울상을 한다.

"오늘 작은아버지에게 막 꾸중 듣구. 그리고 나두 인젠 그런

건 안 헐 작정이다."

"그래도 나구 약조헌 건 실행해야지. 싫으면 너는 빠져도 좋아. 그럼 돈만 이리 내."

하고 턱 밑에 손을 내민다.

"정말 없대두 그래."

수만이는 내밀었던 손으로 대뜸 멱살을 잡는다.

"이게 그래두 느물거려."

이런 때 마침 기침을 하며 이웃집 사람이 골목으로 들어서자 수만이는 슬며시 물러선다. 그러나

"낼은 안 만날 테냐. 어디 두고 보자."

하고 피해 가는 문기 등을 향해 소리쳤다.

이튿날 아침이다. 학교를 가는 길에 문기가 큰 행길로 나오자 맞은편 판장˚에 백묵으로 커다랗게 '김문기는' 하고 그 밑에 동그라미 셋을 쳐 '○○○ 했다' 하고 써 있다. 그리고 학교 어귀에 이르러 삼거리 잡화상 빈지판˚에도 같은 것이 쓰여 있는 것이다. 문기는 이번에도 무춤하고 보다가는 얼른 모자를 벗어서 이름자만 지워 버렸다. 그러는 것을 건너편 길모퉁이서 수만이가 일그러진 웃음으로 보고 섰다. 그리고 문기가 앞으로 지나가자

"왜, 겁이 나니? 지우게."

˚ 느물다 말이나 행동을 능글맞고 흉하게 하다.
˚ 판장 널판장. 널빤지로 친 울타리.
˚ 빈지판 빈지문. 한 짝씩 끼웠다 떼었다 하게 만든 문.

하고 뒤를 오면서 작은 소리로

"그래, 정말 돈 너만 두고 쓸 테냐? 그럼 요건 약과다."

그리고 수만이는 추근추근하게* 쫓아다니며 은근히 골리었다.

철봉틀 옆에 정신없이 선 문기를 불시에 다리오금을 쳐 골탕을 먹게 하였다. 단거리 경주 연습을 하는 척 달음박질을 하다가는 일부러 문기 앞으로 달려들어 몸째 부딪는다. 그리고 으슥한 곳에서 단둘이 만나는 때면 수만이는

"너, 네 맘대루만 허지. 나두 내 맘대루 헐 테다. 내 안 풍길* 줄 아니? 풍길 테야."

하고 손을 들어 꼽는다.

"풍기기만 하면 첫째 학교에서 쫓겨날 것이요. 둘째 너희 집에서 쫓겨날 것이요. 그리고 남의 걸 훔친 거나 일반이니까 또 그런 곳으로 붙들려 갈 것이요."

하고는 또

"풍길 테다."

사실 그다음 시간 교실을 들어갔을 때 문기는 크게 놀랐다. 칠판 한가운데 '김문기는 ○○○ 했다.'가 커다랗게 쓰여 있다. 뒤미처 선생님이 들어왔다. 일은 간단히 선생님이 한 번 쳐다보고 누구 장난이냐, 하고 쓱쓱 지워 버리고는 고만이었지만 선생님이 들어오고 그것을 지우기까지의 그동안 문기는 실로

• 추근추근하다 성질이나 하는 짓 따위가 질기고 끈덕지다.
• 풍기다 냄새가 나다. 냄새를 퍼뜨리다. 여기에서는 '소문을 내다.'의 뜻임.

앞이 캄캄했다.

그러나 수만이는 그것으로 고만두지 않았다. 학교를 파해 거리로 나와서는 한층 심했다. 두어 간 문기를 앞세워 놓고 따라오면서 연해 수만이는

"앞에 가는 아이는 공공공했다지."

그리고 점점 더해 나중엔 도적질을 거꾸로 붙여서

"앞에 가는 아이는 질적도했다지."

하고 거리거리 외며 따라오는 것이다.

문기 집 가까이 이르렀다. 수만이는 문기 앞으로 다가서며 작은 음성으로 조졌다.

"너, 지금으로 가지고 나오지 않으면 낼은 가만 안 둔다. 도적질했다 하구 똑바루 써 놀 테야."

문기는 여전히 못 들은 척 걸음만 옮긴다. 자기 집 마당엘 들어섰다. 숙모는 뒤꼍에서 화초 모종을 하는지 여기 심어라 저기 심어라 하고 아랫집 심부름하는 아이와 이야기하는 소리가 날 뿐 집 안엔 아무도 없다.

그리고 눈앞에 보이는 붙장* 안 앞턱에 잔돈 얼마와 지전 몇 장이 놓여 있다. 그리고 문밖엔 지금 수만이가 돈을 가지고 나오기를 기다리고 섰다. 여기서 문기는 두 번째 허물을 범하고 말았다.

"진작 듣지."

* 붙장 부엌 벽의 안쪽이나 바깥쪽에 붙여 만든 장. 간단한 그릇 따위를 간직하는 데 쓴다.

하고 빙그레 웃는 수만이 얼굴에다 뺨을 때리듯 돈을 던져 주고 문기는 달아났다.

급한 걸음으로 문기는 네거리 하나를 지났다. 또 하나를 지났다. 또 하나를 지났다. 걸음은 차차 풀이 죽는다. 그리고 문기는 이런 생각을 하였다.

'자기는 몰래 작은어머니 돈을 축냈다. 그러나 갚으면 고만 아니냐. 그 돈 값어치만큼 밥도 덜 먹고 학용품도 애껴 쓰고 옷도 조심해 입고, 이렇게 갚으면 고만 아니냐.'

몇 번이고 이 소리를 속으로 되뇌며 문기는 떳떳이 얼굴을 들고 집으로 들어갈 수 있을 만한 뱃심을 만들려 한다. 그러나 일없이 공원으로 거리로 돌며 해를 보낸다.

날이 저물어서 문기는 풀이 죽어 집 마루에 걸터앉았다. 숙모가 방에서 나오다 보고

"너 학교에서 인제 오니?"

그리고 이어

"너 혹 붙장 안의 돈 봤니?"

하다가는 채 문기가 입을 열기 전에 숙모는

"학교서 지금 오는 애가 알겠니. 참 점순이 고년 앙큼헌 년이더라. 낮에 내가 뒤꼍에서 화초 모종을 내고 있는데 집을 간다고 나가더니 글쎄 돈을 집어 갔구나."

문기는 잠잠히 듣기만 한다. 그러나 속으로는 갚으면 고만이지 소리를 또 한 번 외 본다.

그날 밤이었다. 아랫방 들창 밑에 훌쩍훌쩍 우는 어린아이

울음소리가 났다. 아랫집 심부름하는 아이 점순이 음성이었다. 숙모가 직접 그 집에 가서 무슨 말을 한 것은 아니로되 자연 그 말이 한 입 건너 두 입 건너 그 집에까지 들어갔고, 그리고 그 집 주인 여자는 점순이를 때려 쫓아낸 것이다. 먼저는 동네 아이들이 모여 지껄지껄하더니 차차 하나 가고 둘 가고 훌쩍훌쩍 우는 그 소리만 남는다. 방 안의 문기는 그 밤을 뜬 눈으로 새웠다.

이튿날 아침이다. 문기는 밥을 두어 술 뜨다가는 고만둔다. 그 돈을 갚기 위한 그것이 아니다. 도시 입맛이 나지 않았다. 학교엘 갔다. 첫 시간은 수신* 시간 그리고 공교로이 제목이 '정직'이다. 선생님은 뒷짐을 지고 교단 위를 왔다 갔다 하며 거짓이라는 것이 얼마나 악한 것이고 정직이 얼마나 귀하고 중한 것인가를 누누이 말씀한다. 그리고 안경 쓴 선생님의 그 눈이 번쩍하고 문기 얼굴에 머물렀다 가고 가고 한다. 그럴 때마다 문기는 가슴이 뜨끔뜨끔해진다. 문기는 자기 한 사람에게만 들리기 위한 정직이요 수신 시간인 듯싶었다. 그만치 선생님은 제 속을 다 들여다보고 하는 말인 듯싶었다.

운동장에서도 문기는 풀이 없다. 사람 없는 교실 뒤 버드나무 옆 그런 데만 찾아다니며 고개를 숙이고 깊은 생각에 잠기거나 팔짱을 찌르고 왔다 갔다 하기도 한다. 그러다 누가 등을 치면 소스라쳐 깜짝깜짝 놀란다.

* 수신 일제 강점기 때 교과목 중의 하나로, 지금의 도덕 과목에 해당.

언제나 다름없이 하늘은 맑고 푸르건만 문기는 어쩐지 그 하늘조차 쳐다보기가 두려워졌다. 자기는 감히 떳떳한 얼굴로 그 하늘을 쳐다볼 만한 사람이 못 된다 싶었다.

언제나 다름없이 여러 아이들은 넓은 운동장에서 마음대로 뛰고 마음대로 지껄이고 마음대로 즐기건만 문기 한 사람만은 어둠과 같이 컴컴하고 무거운 마음에 잠겨 고개를 들지 못한다. 무엇보다도 문기는 전일처럼 맑은 하늘 아래서 아무 거리낌 없이 즐길 수 있는 마음이 갖고 싶다. 떳떳이 하늘을 쳐다볼 수 있는, 떳떳이 남을 대할 수 있는 마음이 갖고 싶었다.

오후 해 저물녘이다. 문기는 책보를 흔들흔들 고개를 숙이고 담임 선생님 집 앞을 왔다가는 무춤하고 섰다가 그대로 지나가고 그대로 지나가고 한다. 세 번째는 드디어 그 집 문 안을 들어서서 선생님을 찾았다. 선생님은 문기를 안방으로 맞아들이었다. 학교에서 볼 때 엄하고 딱딱하던 선생님은 의외로 부드러이 웃는 낯으로 문기를 대한다. 문기는 선생님 앞에 엎드려 모든 것을 자백할 결심이었다. 그런데 선생님의 부드러운 태도에 도리어 문기는 말문이 열리지 않았다. 다음은 건넌방에서 어린애가 울어 못 했다. 다음은 사모님이 들락날락하고 그리고 다음엔 손님이 왔다. 기어이 문기는 입을 열지 못한 채 물러 나오고 말았다.

먼저보다 갑절 무겁고 컴컴한 마음이었다. 도저히 문기의 약한 어깨로는 지탱하지 못할 무거운 눌림이다. 걸음은 집을 향해 가는 것이지만 반대로 마음은 멀어진다. 장차 집엘 가서 대할 숙모가 두려웠고 삼촌이 두려웠고 더욱이 점순이가 두려웠다.

어느덧 걸음은 삼거리를 건너고 있었다. 문기 등 뒤에서 아주 멀리 뽕뽕 하고 자동차 소리와 비켜라 하는 사람의 소리가 나는 듯하더니 갑자기 귀밑에서 크게 울린다. 언뜻 돌아다보니 바로 눈앞에 자동차 머리가 달겨든다. 그리고 문기는 으쓱하고 높은 데서 아래로 떨어져 가는 듯싶은 감과 함께 정신을 잃고 말았다.

얼마 동안을 지났는지 모른다. 문기가 어렴풋이 눈을 떴을 때 무섭게 전등불이 밝아 눈이 부시었다. 문기는 다시 눈을 감았다. 두 번째 문기는 눈을 뜨자 희미하게 삼촌의 얼굴이 나타나며 그것이 차차 똑똑해지더니 삼촌은

"너 내가 누군 줄 알겠니?"

하고 웃지도 않고 내려다본다. 문기는 이것도 꿈인가 하고 한번 웃어 주려면서 그대로 맑은 정신이 났다. 문기는 병원 침대 위에 누워 있었다. 어디 아픈 데는 없으면서도 몸을 움직일 수는 없다. 삼촌은 근심스러운 얼굴로 내려다본다.

"작은아버지."

하고 문기는 입을 열었다. 그리고

"저는 마땅히 받아야 할 벌을 받은 거예요."

하고 문기는 눈을 감으며 한마디 한마디 그러나 똑똑하게 처음서부터 끝까지 먼저 고깃간 주인이 일 원을 십 원으로 알고 거슬러 준 것, 그 돈을 써 버린 것, 그리고 또 붙장 안의 돈을 자기가 훔쳐 낸 것, 이렇게 하나하나 숨김없이 자백을 하자 이

때까지 겹겹으로 몸을 싸고 있던 허물이 한 꺼풀 한 꺼풀 벗어지면서 따라 마음속의 어둠도 차차 사라지며 맑아지는 것을 문기는 확실히 깨달을 수 있었다. 마음이 맑아지며 따라 몸도 가뜬해진다. 내일도 해는 뜨고 하늘은 맑아지리라. 그리고 문기는 그 하늘을 떳떳이 마음껏 쳐다볼 수 있을 것이다.

1 이 소설 속의 사건 순서대로 문기의 감정 막대 그래프를 그려 보자.

(좋음)	잘못 받은 거스름돈을 쓸 때	삼촌에게 꾸중을 듣고 난 후	고깃간 안마당에 남은 거스름돈을 던질 때	수만이에게 협박을 받을 때	옷장 안의 돈을 훔치고 난 뒤	쫓겨난 점순이의 울음소리를 들을 때	삼촌에게 모든 것을 털어놓은 뒤
10							
9							
8							
7							
6							
5							
4							
3							
2							
1							
(나쁨)							

2 병원에 입원한 문기에게 갈등을 해결할 수 있는 약 봉투가 전달되었다. 약 봉투에는 어떤 약이 들어 있을지 상상하여 그 이름을 적어 보자.

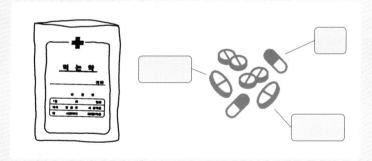

3 이 소설의 마지막 부분에서 문기가 하늘을 떳떳이 쳐다보며 무슨 생각을 했을지 상상하여 적어 보자.

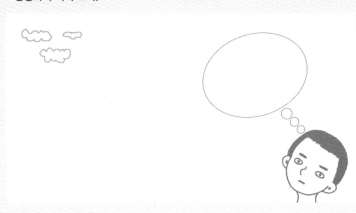

4 다음을 참고하여 거짓말과 관련된 나만의 명언을 만들어 보자.

> • 모든 거짓 중에서 으뜸가는 가장 나쁜 것은 자기 자신을 속이는 일이다.
> – P. 베일리
> • 거짓말은 그 자체가 죄일 뿐만 아니라 정신까지도 더럽힌다. – 플라톤
> • 거짓말은 눈덩이와 같아 굴릴수록 점점 커진다. – 마틴 루터
> • 거짓말쟁이가 받는 가장 큰 벌은 그 사람이 진실을 말했을 때에도 다른 사람들이 믿어 주지 않는 것이다. – 『탈무드』

거짓말에 대한 나의 명언

자전거 도둑

박완서

박완서

소설가. 1931년 경기도 개풍에서 태어나 1938년 서울로 이주했다. 서울대 국문학과에 입학했으나 한국 전쟁으로 학업을 중단하였다. 1970년 『여성동아』 장편소설 공모에 『나목』이 당선되어 등단하였다. 2011년 세상을 떠났다. 주요 작품으로 중단편소설 「부끄러움을 가르칩니다」 「엄마의 말뚝」 「그 가을의 사흘 동안」 「나의 가장 나종 지니인 것」, 장편소설 『미망』 『그 많던 싱아는 누가 다 먹었을까』 등이 있다.

읽기 전에 ～～～～～

학교에 지각하지 않으려고 부지런히 걷다가 신호등의 빨간불을 만나 마음을 졸일 때가 있습니다. 지각하지 말라고 하신 엄마와 선생님 얼굴이 떠올라서일까요. 빨간불에서 파란불로 바뀌기까지의 시간은 왜 이리 길게 느껴지고 이때 느끼는 갈등은 얼마나 큰지요. 파란불을 기다리면 늦을 것 같아 결국 그냥 건너가 버리는 경우가 있지요. 원래 마음은 그렇지 않지만 아차 하는 순간에 잘못을 저지를 때가 있지요. 그럴 때 여러분 마음은 어떤가요? 자, 여기 수남이에게 생기는 일을 보면서 우리의 마음도 테스트해 볼까요?

수남이는 청계천 세운 상가 뒷길의 전기용품 도매상의 꼬마
점원이다.

　수남이란 어엿한 이름이 있는데도 꼬마로 통한다. 열여섯 살
이지만 볼은 아직 어린아이처럼 토실하니 붉고, 눈 속이 깨끗
하다. 숙성한 건 목소리뿐이다. 제법 굵고 부드러운 저음이다.
그 목소리가 전화선을 타면 점잖고 떨떠름한 늙은이 목소리로
들린다.

　이 가게에는 변두리 전기 상회나 전공*들로부터 걸려 오는
전화가 잦다. 수남이가 받으면,

　"주인 영감님이십니까?"

하고 깍듯이 존대를 해 온다.

　"아, 아닙니다. 꼬맙니다."

　수남이는 제가 무슨 큰 실수나 저지른 것처럼 황공해하며 볼
까지 붉어진다.

　"짜아식, 새벽부터 재수 없게 누굴 놀려. 너 이따 두고 보자."

　이런 호령이라도 들려오면 수남이는 우선 고개를 움츠려 알

────────────────
• 전공 발전, 변전, 전기 장치의 가설 및 수리 따위의 작업에 종사하는 직공. 전기공.

밤을 피하는 시늉부터 한다. 설마 전화통에서 알밤이 튀어나올 리는 없는데 말이다. 실수만 했다 하면 알밤 먹을 것을 예상하고 고개가 자라 모가지처럼 오그라드는 게 수남이가 이곳 전기 상회에 취직하고 나서부터 얻은 조건 반사다.

이곳 단골손님들은 우락부락한 전공들이 대부분이어서 성질들이 거칠고 급하다. 자기가 요구하는 것을 수남이가 빨리 알아듣고 척척 챙기지 못하고 조금만 어릿어릿하면 "짜아식." 하며 사정없이 밤송이 같은 머리에 알밤을 먹인다.

수남이는 그 숱한 전기용품 이름을 척척 알아들을 수 있을 만큼 일에 익숙해질 때까지 숱한 알밤을 먹었다.

그런데 일에 익숙해진 후에도 수남이는 심심찮게 까닭도 없는 알밤을 얻어먹는다. 이 거친 사내들은 그런 짓궂은 방법으로 수남이를 귀여워하는 것이다. 예쁜 아이를 보면 물어뜯어 울려 놓고 마는 사람이 있듯이 이 사내들은 그런 방법으로 수남이에게 애정 표시를 했다.

"짜아식 잘 잤냐?"

"짜아식 요새 제법 컸단 말야. 장가들여야겠는데, 짜아식 좋아서……."

그러곤 알밤이다. 주먹과 팔짓만 허풍스럽게 컸지 아주 부드러운 알밤이다. 그러니까 수남이는 그만큼 인기 있는 점원인 셈이다.

수남이는 단골손님들에게만 인기가 있는 게 아니라 주인 영감님에게도 여간 잘 뵌 게 아니다. 누구든지 수남이에게 알밤을 먹이는 걸 들키기만 하면 단박 불호령이 내린다.

"왜 하필 남의 머리를 쥐어박어? 채 굳지도 않은 머리를. 그게 어떤 머린 줄이나 알고들 그래 응? 공부 많이 해서 대학도 가고 박사도 될 머리란 말야. 임자들 같은 돌대가리가 아니란 말야."

그러면 아무리 막돼먹은 손님이라도 선생님 꾸지람에 떠는 국민학생*처럼 풀이 죽어서 수남이에게 진심으로 미안해했다. 그러고는,

"꼬마야, 그럼 너 요새 어디 야학이라도 다니니?"

하며 은근히 부러워하는 눈치까지 보였다. 그러면 영감님은 딱하다는 듯이 혀를 차며,

"아니 야학은 아무 때나 들어가나, 똥통 학교라면 또 몰라. 수남이는 내년 봄에 시험 봐서 들어가야 해. 야학이라도 일류로. 그래서 인석이 그저 틈만 있으면 책이라고 허허……."

수남이는 가슴이 크게 출렁인다. 수남이는 한 번도 주인 영감님에게 하다못해 야학이라도 들어가 공부를 해 보고 싶단 말을 비친 적이 없다. 맨손으로 어린 나이에 서울에 와서 거지도 안 되고 깡패도 안 되고 이런 의젓한 가게의 점원이 된 것만도 수남이로서는 눈부신 성공인데 벼락 맞을 노릇이지 어떻게 감히 공부까지를 바라겠는가.

그러면서도 자기 또래의 고등학생만 보면 가슴이 짜릿짜릿

* 국민학생 '초등학생'의 옛 용어.

하던 수남이다. 처음 전기용품 취급이 서툴러 시험을 하다 툭 하면 손끝에 감전이 되어 짜릿하며 화들짝 놀랐던 것처럼 고등학교 교복은 수남이의 심장에 짜릿한 감전을 일으키며 가슴을 온통 마구 휘젓는 이상한 힘이 있었다.

그런 수남이의 비밀을 주인 영감님은 알고 있었던 것이다. 수남이는 부끄럽고도 기뻤다.

그래서 수남이는 "내년 봄에 시험 봐서 들어가야 해. 야학이라도 일류로." 할 때의 주인 영감님이 그렇게 좋을 수가 없다. 그 소리를 듣기 위해서라면 그까짓 알밤쯤 하루 골백번을 맞으면 대수랴 싶다. 그런 소리를 자기를 위해 해 주는 주인 영감님을 위해서라면 뼛골이 부러지게 일을 한들 눈곱만큼도 억울할 것이 없을 것 같다. 월급은 좀 짜게 주지만 그 감미로운 소리를 어찌 후한 월급에 비기겠는가.

수남이의 하루는 눈코 뜰 새 없이 고단하지만 행복하다. 내년 봄―내년 봄은 올봄보다는 멀지만 오기는 올 것이다. 그리고 영감님이 잘못 알아서 그렇지 시험 볼 때는 봄이 아니라 겨울이다. 겨울은 봄보다 이르다.

수남이는 온종일 눈코 뜰 새 없이 바쁘게 일을 하고 밤에는 가게 방에서 숙직을 한다. 꾀죄죄한 다후다* 이불에 몸을 휘감고 나면 방바닥이야 차건 더웁건 잠이 쏟아진다.

---

* 다후다 광택이 있는 얇은 평직 견직물. 여성복이나 양복 안감, 넥타이, 리본 따위를 만드는 데 쓴다. 태피터.

그럴 때 "인석은 그저 틈만 있으면 책이라고." 하던 주인 영
감님의 목소리가 생생하게 들려온다. 수남이는 낮 동안 책은
커녕 신문 한 귀퉁이 읽은 적이 없다. 도대체가 그럴 틈이 없
다. 점원이 적어도 세 명은 있어야 해낼 가게 일을 혼자서 해
내자니 여간 벅찬 것이 아니다. 그래도 수남이는 혹사당하고
있다는 억울한 생각 같은 건 전연 없다. 어쩌다 남들이 영감
님에게,

"꼬마 혼자 데리고 벅차시겠습니다. 좀 큰 애 하나 더 쓰셔
야죠."

영감님은 그런 소리를 제일 싫어한다. 벌레라도 씹어 먹은
듯이 이상야릇한 얼굴로 상대방을 흘겨보며,

"누가 뭐 사람 더 쓰기 싫어 안 쓰나. 어디 사람 놈 같은 게
있어야 말이지. 깡패 놈이라도 걸려들어 봐. 우리 수남이가 물
든다고. 이런 순진한 놈일수록 구정물 들긴 쉽거든."

얼마나 고마운 주인 영감님인가. 이런 고마운 어른을 위해
그까짓 세 사람이 할 일 혼자서 못 할까고 양팔의 근육이 팽팽
히 긴장한다.

그런 고마운 어른이 보지도 않는 책을 틈만 있으면 본다고
남들에게 자랑을 한 뜻은 밤에라도 잠만 자지 말고 열심히 공
부해 두라는 뜻일 것이다. 수남이가 그렇게 풀이한 것이다. 그
런 생각을 하면 눈이 말똥말똥해지며 잠이 저만큼 달아난다.
혹시나 하고 보따리 속에 찔러 가지고 온 중학교 때 교과서랑
고등학교까지 다닌 형이 쓰던 참고서 나부랭이를 이렇게 유용

하게 쓸 줄은 정말 몰랐었다. 책이라야 통틀어 그것뿐이다.

주인 영감님이 심심할 때 사 본 주간지 같은 게 굴러다닐 적도 있어서 소년다운 호기심이 동하지 않는 것도 아니었지만 "인석이 그저 틈만 있으면 책이라고." 하며 주인 영감님이 가리키는 책이란 결코 이런 주간지 조각이 아닐 거라는 영리한 짐작으로 수남이는 결코 그런 데 한눈을 파는 법이 없다. 시간이 아까워서라도 그렇게는 할 수 없다.

가게를 닫고 셈을 맞추고 주인댁 식모가 날라 온 저녁을 먹고 나서 혼자가 될 수 있는 시간은 거의 열한 시경이다.

그때부터 공부라도 해야 되는 것이다. 그러고도 수남이는 이 가게 동네의 누구보다도 먼저 일어나야 하는 것이다. 수남이의 부지런함은 이 근처에서도 평판이 자자했다.

제일 먼저 가게 문을 열고 물뿌리개로 골목길에 물을 뿌리고는 긴 골목길을 남의 가게 앞까지 말끔히 쓸고 나서 가게 안 물건의 먼지를 떨고, 어떡하면 보기 좋을까 연구를 해 가며 다시 진열을 하고 제 몸단장까지 개운하게 끝낸다. 그제야 주인 영감님이 나온다.

주인 영감님은 만족한 듯 빙긋 웃고 "짜아식." 하며 손으로 수남이의 머리를 더듬는다. 그러나 알밤을 먹이는 일은 한 번도 없었다. 따뜻하고 큰 손으로 머리를 빗질하듯 두어 번 쓸어내려 주고는, 부드러운 볼로 해서 둥근 턱까지를 큰 손바닥에 한꺼번에 감쌌다가는 다시 한 번 "짜아식." 하곤 놓아준다. 수남이는 그 시간이 좋다. 그래서 남보다 일찍 일어나야 하는 것이다.

아직은 육친애*에 철모르고 푸근히 감싸여야 할 나이다. 그를 실제의 나이보다 어려 뵈게 하는 아직 상하지 않은 순진성이 더욱 그에게 육친애를 목마르게 한다. 주인 영감님의 든든하고 거친 손에서 볼과 턱을 타고 전해 오는 따뜻함, 훈훈함은 거의 육친애적이었고 그래서 수남이는 그 시간이 기다려질 만큼 좋았고, 꿀같이 단 새벽잠을 떨쳐 낸 보람을 느끼고도 남을 충족된 시간이기도 했다.

그 어느 해보다도 긴 겨울이 가고 봄이 왔다. 내년 봄이 아니라 올봄이 온 것이다. 캘린더에는 벚꽃이 만발해 있었다. 그런데도 그 어느 해보다도 길게 해 먹은 겨울은 뭘 아직도 덜 해 먹었는지 화창한 봄날에 끼어들어 심술을 부렸다. 별안간 기온이 급강하하더니 바람까지 세차게 몰아쳤다.

낮 동안 떼어서 세워 놓은 가게 판자문이 요란한 소리를 내고 나자빠지는가 하면 가게 함석지붕은 얇은 헝겊처럼 곧 뒤집힐 듯이 펄럭대고, 골목 위 공중을 가로지른 전화줄에서는 온종일 귀신의 휘파람 같은 이상한 소리가 났다.

낮에는 이 가게 골목에서 사고까지 났다. 전선을 도매하는 집 아크릴 간판이 다 마른 빨래처럼 휠휠 날으는가 했더니 곧장 땅으로 떨어지면서 때마침 지나가던 아가씨의 정수리를 들이받고 떨어졌다.

* 육친애 부모, 형제와 같이 혈족 관계가 있는 사람들 사이의 애정. 또는 그와 같은 정.

피가 아가씨의 분결 같은 볼을 타고 흘러 흰 스웨터에 선명한 붉은 반점을 줄줄이 그렸다. 피를 보자 다 큰 아가씨가 어린애처럼 앙앙 울어 댔다.

가게마다에서 사람들이 뛰어나왔으나 아가씨를 부축해서 병원으로 달려간 것은 바람에 간판을 날린 전선 도매집 주인아저씨였다.

사람들은 모두 치료비를 톡톡히 부담해야 할 그 아저씨를 동정했다. 지랄스런 바람이지, 그 아저씨가 무슨 잘못이 있기에 생돈을 빼앗기느냐고, 그렇지만 돈지갑 옆구리에 차고 부는 바람 못 봤으니, 그 재수 나쁜 아가씬들 그 재수 나쁜 아저씨한테 떼를 쓸밖에 도리 없지 않겠느냐고 사람들은 쑥덕댔다.

하여튼 수남이가 알 수 있는 것은 그 아가씨도 그렇고 그 아저씨도 그렇고 오늘 재수 옴 붙었다는 것뿐이었다.

수남이는 문득 자기도 재수 옴 붙을 것 같은 예감이 들었다. 그래서 화들짝 놀란 그는 큰 간판을 다시 점검하고 힘껏 흔들어 보고, 대롱대롱 매달린 아크릴 간판은 아예 떼어서 안에다 갖다 두고, 떼어 세워 놓은 빈지문*은 좁은 옆 골목 변소 옆에 끼워 놓았다.

바람 부는 서울의 뒷골목은 흉흉하고 을씨년스러웠다. 먼지는 물론 온갖 잡동사니들이 다 날아들어 가게 앞에 쓰레기 무더기를 만들었다. 쓸어도 쓸어도 당해 낼 도리가 없었다.

---

* 빈지문 한 짝씩 끼웠다 떼었다 하게 만든 문. 비바람을 막기 위하여 덧댄다.

손님도 딴 날보다 적고 수남이는 까닭 없이 마음이 울적했다. 시골의 바람 부는 날 풍경이 생생하게 떠올랐다.

보리밭은 바람을 얼마나 우아하게 탈 줄 아는가, 큰 나무는 바람에 얼마나 의젓하게 춤추는가, 작은 나무는 바람에 얼마나 안달맞게 들까부는가, 큰 나무와 작은 나무가 함께 사는 숲은 바람에 얼마나 우렁차고 비통하게 포효하는가,˙ 그것을 알고 있는 것은 이 골목에서 자기 혼자뿐이라는 생각이 수남이를 고독하게 했다.

전선 가게 아저씨가 병원으로부터 어두운 얼굴을 하고 돌아왔다. 가게 주인들이 우르르 전선 가게로 모였다. 아가씨의 안부보다도 그 아저씨 손해가 얼마인가 모두 그것이 궁금한 모양이었다.

수남이네 주인 영감님도 가더니, 한참 만에 돌아오면서 하늘을 쳐다보며 욕지거리를 했다.

"육시랄 놈의 바람, 무슨 끝장을 보려고 온종일 이 지랄야."

아마 전선 가게 아저씨 손해가 대단했던 모양이다. 그래서 동정 삼아 그렇게 화를 내는 눈치다. 하긴 그런 일이 아니더라도 서울 사람들에겐 바람이 손톱만큼도 반가울 리가 없겠다. 바람의 의미를, 간판이 날아가는 횡액,˙ 한없이 날아오는 먼지, 쓰레기 그것밖에 모르니까.

˙ 포효하다 사나운 짐승이 울부짖다. (비유적으로) 사람, 기계, 자연물 따위가 세고 거칠게 소리를 내다.
˙ 횡액 뜻밖에 닥쳐오는 불행. 횡래지액.

봄바람이 게으른 나무들에게, 잠든 뿌리들에게, 생경한 꽃망울들에게 얼마나 신기한 마술을 베풀고 지나갔나를 모르니까. 봄바람이 한차례 지나고 거짓말같이 화창하고 아늑하게 갠 날, 들판이나 산등성이에 있어 본 적이 없을 테니까.

수남이는 다시 한 번 울고 싶도록 고독해진다.

전화를 받은 주인 영감님이 좀 생기가 나더니 계산서를 작성해 주면서 ××상회에 20와트 형광 램프 다섯 상자만 배달해 주고 오란다. 가까운 데 있는 소매상에선 이렇게 전화 주문으로 배달까지를 부탁해 오는 수가 많다. 수남이는 자전거도 잘 타 배달이라면 문제도 없다.

그래도 오늘은 바람이 유난해서 조심하느라 형광 램프 상자를 밧줄로 꼼꼼히 묶는다. 주인 영감님까지 묶는 걸 거들어 주면서,

"인석아, 까불지 말고 조심해. 사고 내 가지고 누구 못할 노릇 시키지 말고."

오늘 장사가 좀 잘 안 돼서 그런지 말씨가 퉁명스럽긴 했지만, 나쁜 말은 아닌데도 수남이는 고깝게 듣는다.

꼭 네깐 놈 다칠 게 걱정이 아니라 나 손해 볼 게 겁난다는 소리로 들린다.

수남이는 보통 때 같으면 "할아버지 다녀오겠습니다." 하고 신바람 나게, 그리고도 붙임성 있게 외치고는 빙긋 웃어 보이고 나서야 페달을 밟고 씽 달렸을 터인데 오늘은 왠지 그래지지를 않는다. 아무 말 안 하고 자전거를 무거운 듯이 질질 끌

다가 뭉기적 올라타면서 느릿느릿 페달을 젓는다. 주인 영감님이 뒤에서 악을 쓴다.

"인석아 조심해 까불지 말고."

주인 영감님의 목소리가 회오리바람을 타고 이상하게 날카롭고 기분 나쁘게 들린다. 수남이는 "쳇." 하고 혀를 차고는 도망치듯 씽 자전거의 속력을 낸다.

형광 램프를 ××상회에 부리고 나서 수금하는 데 또 한동안이 걸린다. 장사꾼의 생리란 묘한 데가 있다.

수남이는 아직도 그 생리만은 이해가 안 될뿐더러 문득문득 혐오감까지 느끼고 있다.

금고에 돈을 수북이 넣어 놓고도 꼭 땡전 한 푼 없는 얼굴을 하고 도무지 돈을 내주려 들지를 않는다. 조금 있다 오란다. 그동안에 수금이 되면 주겠다는 것이다.

그러나 이쪽에선 그 수에 넘어가지 말고 악착같이 지키고 서서 받아 내야 하는 것이다. 그것이 수남이가 서울에 와서 점원 노릇 하면서 배운 상인 철학 제일항이었다.

"아유, 오늘 더럽게 장사 안 된다."

××상회 주인은 니코틴이 새까맣게 달라붙은 이빨 안쪽을 드러내고 크게 하품을 한다. 돈을 빨리 안 주는 변명 같기도 하고, '인석아, 하루 종일 기다려 봐라, 누가 돈을 호락호락 내줄 줄 아니.' 하는 공갈 같기도 하다.

그러나 수남이는 들은 척도 안 하고 장승처럼 버티고 서 있다. 저런 수에 넘어가 호락호락 물러가면 주인 영감님에게 야

단맞는 것도 맞는 거려니와, 앞으로 열 번도 넘게 헛걸음을 해야 수금을 끝마칠 수 있기 때문이다.

그것도 목돈이 아니라 오백 원, 천 원씩 푼돈을 녹여서 말이다.

이럴 때 수남이는 이 세상에 장사꾼처럼 징그러운 족속이 또 있을까 싶은 생각이 나서 한숨이 절로 난다. 그러면서도 자기도 어느 틈에 장사꾼다운 징그러운 수를 쓰고 만다.

"오늘 물건 대금은 꼭 결제해 주셔야 돼요. 은행 막을 돈이란 말예요."

수남이는 은행 막는다는 말의 정확한 뜻을 잘 모른다. 그 번들번들하고 위엄 있는 은행이 뒤로 어디 큰 구멍이라도 뚫려 있단 소린지, 뚫려 있기로서니 왜 장사꾼이 막아야 하는지 잘 모르는 채로, 급하게 돈을 받아 내려면 장사꾼들이 으레 심각한 얼굴을 하고 그런 소리를 하길래 수남이도 그래 보는 것이다.

"짜아식, 알았어. 기다려 봐. 돈 들어오는 대로 줄게."

주인이 퉁명스럽게 대답하곤 수남이의 머리에 힘껏 알밤을 먹인다. 수남이는 잽싸게 고개를 움츠러뜨렸는데도 눈에 눈물이 핑 돌 만큼 독한 알밤이다.

장사 더럽게 안 된다는 주인 말과는 달리 손님이 쉴 새 없이 들락거린다. 정말로 가게는 조그맣지만 길목이 아주 좋다. 수남이는 좁은 가게에서 이리 밀리고 저리 밀리면서 잘 버틴다. 버틸 뿐 아니라 속으로 돈이 얼마나 들어오나 암산까지 하고 있다.

소매상이라 큰돈은 안 들어와도 그동안 들어온 돈이 어림잡아 만 원은 됨 직하다. 수남이는 비실비실 안 나오는 웃음을 웃으며,

"어떻게 결제 좀 해 줍쇼."

하고 또 한 번 빌붙는다. 주인은 "짜아식." 하며 또 한 번 알밤을 먹이곤 오백 원짜리, 백 원짜리 합해서 만 원을 세 번이나 세 보더니 아까운 듯이 내준다.

"짜아식 끈덕지기가 꼭 뙤놈˙ 같다니까, 됐어."

칭찬인지 욕인지 모를 소리를 하고 찍 웃는다. 수남이는 주인이 세 번씩이나 세어서 준 돈을 또 두 번이나 센다. 그러고 나서야 "고맙습니다. 안녕히 계십쇼." 하고는 저만큼 자전거를 세워 놓은 쪽으로 휭하니 달음질 친다.

바람이 여전하다. 저만큼서 흙먼지가 땅을 한 꺼풀 벗겨 홑이불처럼 둘둘 말아 오는 것같이 엄청난 기세로 몰려온다. 골목 안의 모든 것이 '뎅그렁' '와장창' '우르릉' 하고 제각기의 음색으로 소리 높이 비명을 지른다.

드디어 흙먼지의 홑이불이 수남이를 집어삼킬 듯이 수남이의 조그만 몸뚱이를 덮친다. 수남이는 눈을 꼭 감고 숨을 죽인다.

바람이 지난 후 수남이는 눈을 뜨고 침을 탁 뱉는다. 입속에 모래가 들어와 깔깔하고 목구멍이 알싸하니 아프다. 다시 자

• 뙤놈 중국 사람을 낮잡아 이르는 말. 되놈.

전거 쪽으로 걷는다. 좀 전만 해도 서 있던 자전거가 누워 있다. 그래도 날아가진 않았으니 다행이다.

자전거뿐 아니라 골목의 모든 것이 다 제자리에 그대로 있다. 수남이는 그것이 신기하다. 누워 있는 자전거를 일으켜 세우고 날렵하게 올라타 막 페달을 밟으려는데 어디선지 고함 소리가 벽력*같이 들린다.

"이놈아, 어딜 도망가는 거야, 게 섰거라. 꼼짝 말고."

수남이는 처음에는 자기에게 지르는 고함은 아니겠지 싶어 그대로 페달을 밟는다.

"아니 이놈이, 어디로 도망을 가려고 이래."

뒷덜미를 사납게 붙들린다. 점잖고 깨끗한 신사다. 이런 신사가 자기에게 어떤 볼일이 있다는 것인지 수남이는 도시* 짐작도 할 수 없다. 게다가 신사는 몹시 화가 나 있다. 신사를 화나게 할 일을 자기가 저질렀다고는 더구나 생각할 수 없다.

"인마, 꼼짝 말고 있어."

신사의 말이 아니더라도 꼼짝할래야 할 수 있을 처지가 아니다. 꼼짝은커녕 숨도 제대로 쉴 수 없을 만큼 수남이의 뒷덜미는 신사의 손에 잔뜩 움켜쥐어져 있다.

"인마, 네놈의 자전거가 쓰러지면서 내 차를 들이받았단 말야. 이런 고급 차를 말야. 이런 미련한 놈, 왜 눈을 째려, 째리

* 벽력 벼락.
* 도시 도무지.

긴. 그러니 내 차에 흠이 안 나고 배겼겠냐. 내 차는 인마, 여자들 손톱만 살짝 닿아도 생채기가 나는 고급 차야 인마, 알간?"

그러고는 거울처럼 티 하나 없이 번들대는 차체를 면밀히 훑어보더니 "그러면 그렇지." 하고 환성을 질렀다. 아마 생채기를 찾아낸 모양이다.

"일은 컸다. 인마, 칠만 살짝 긁혔어도 또 모르겠는데 여봐라, 여기가 이렇게 우그러지기까지 했으니 일은 컸다, 컸어."

신사가 덩칫값도 못 하게 팔짝팔짝 뛰면서, 잘 봐 두라는 듯이 수남이의 얼굴을 차에다 바싹 밀어붙였다.

수남이는 차체에 비친 울상이 된 자기 얼굴을 볼 수 있을 뿐이다. 꼭 오늘 재수 옴 붙은 일이 날 것 같더라만 이런 끔찍한 일이 일어나고 말았구나. 울음이 왈칵 솟구친다. 그러자 제 얼굴도, 차체의 흠도 아무것도 안 보이고 온 세상이 부옇게 흐려 보일 뿐이다.

"울긴, 인마, 너 한 달에 얼마나 버나?"

신사의 목청이 다분히 누그러지며 목소리에 연민이 담긴 것을 수남이는 재빨리 알아차린다. 그러자 흑흑 소리까지 내어 운다.

"울긴 짜아식, 할 수 없다. 너나 나나 오늘 재수 옴 붙은 걸로 치고 반반씩 손해 보자. 오천 원만 내."

수남이는 너무 놀라 울음까지 끄르륵 삼키고 신사를 쳐다본다. 그사이 사람들이 큰 구경이나 난 것처럼 모여들어 신사와 수남이를 에워싼다.

누군가가 뒤에서 "빌어, 이놈아, 그저 잘못했다고 무조건 빌어." 하고 속삭인다. 수남이는 여러 사람들이 자기를 동정하고 있다고 느끼자 적이 용기가 난다.

"아저씨, 잘못했습니다. 한 번만 용서해 주십시오. 네, 아저씨."
제법 또렷한 소리로 용서를 빈다.

"용서라니, 이만큼 했으면 됐지 어떻게 더 용서를 해."

"아저씨, 그러시지 말고 한 번만 봐주셔요. 네, 아저씨."

수남이는 주머니에 들은 만 원 생각을 하면 얼굴이 화끈대고 공연히 무섭기까지 하다. 그렇지만 주인 영감님을 위해 그 돈만은 죽기를 무릅쓰고 지킬 각오를 단단히 한다.

"아니 욘석이 인제 보니 이런 큰일을 저지르고 그냥 내뺄 심사 아냐? 요런 악질 녀석 같으니라고."

신사의 표정에 은은히 감돌던 연민이 싹 가시고 점잖고 무표정해진다.

그러고는 옆에 섰던 운전사인 듯한 남자에게,

"안 되겠네. 요런 악질 깡패 녀석하고 시비해 봤댔자 공연히 시간만 낭비니 자네 자물쇠 하나 마련해다 주게. 이 녀석 자전걸 잡아 놓기로 하세. 언제든지 오천 원 가져와서 찾아가라고."

그러고는 주머니에서 오백 원짜리를 한 장 꺼내서 운전수에게 주는 것이었다. 수남이로서는 전연 예기치 못했던 사태였다.

주머니의 만 원에 대해서만 생각했었지 자전거에 대해선 전연 생각이 미치지 못했었다.

운전사는 금방 커다란 자물쇠를 하나 사 가지고 왔다. 신사는 다시 네놈은 쳐다보기도 싫다는 듯이 수남이를 전연 상대 안 하고, 묵묵히 자전거 바퀴에다 자물쇠를 채우고, 앞에 빌딩을 가리키면서,

"나 저기 306호실에 있으니까 돈 오천 원 갖고 와. 그러면 열쇠 내줄 테니."

하고는 수남이를 힐끗 흘겨보고 유유히 빌딩 속으로 사라져 갔다.

수남이는 울지도 못하고 빌지도 못하고 그냥 막연히 서 있었다. 수남이와 신사의 시비를 흥미진진하게 구경하던 사람들도 헤어지지 않고 그냥 서 있었다. 아마 수남이가 앙앙 울거나, 펄펄 뛰면서 욕을 하거나 그런 일이 일어나 주기를 기다리는 눈치였다.

수남이는 바보가 돼 버린 아이처럼 조용히 멍청히 서 있었다. 누군가가 나직이 속삭였다.

"토껴라 토껴. 그까짓 거 갖고 토껴라."

그것은 악마의 속삭임처럼 은밀하고 감미로웠다. 수남이의 가슴은 크게 뛰었다. 이번에는 좀 더 점잖고 어른스러운 소리가 나섰다.

"그래라, 그래. 그까짓 거 들고 도망가렴. 뒷일은 우리가 감당할게."

그러자 모든 구경꾼이 수남의 편이 되어 와글와글 외쳐 댔다.

"도망가라, 어서어서 자전거를 번쩍 들고 도망가라, 도망가라."

수남이는 자기편이 되어 준 이 많은 사람들을 도저히 배반할 수 없었다. 이상한 용기가 솟았다. 수남이는 자전거를 마치 검부러기처럼 가볍게 옆구리에 끼고 질풍같이 달렸다.

정말이지 조금도 안 무거웠다. 타고 달릴 때보다 더 신나게 달렸다. 달리면서 마치 오래 참았던 오줌을 시원스레 내깔기는 듯한 쾌감까지 느꼈다.

주인 영감님은 자전거를 옆에 끼고 질풍처럼 달려온 놈을 눈을 휘둥그렇게 뜨고 바라볼 뿐이었다. 오늘 바람이 세더니만 필시 이 조그만 놈이 바람에 날아왔나, 설마 그럴 리야 없을 텐데 내 눈이 어떻게 된 건가 그런 눈치였다.

수남이는 너무 숨이 차서 이런 주인 영감님의 궁금증을 시원히 풀어 주지 못하고 한동안 헉헉대기만 한다.

"인마, 말을 해, 무슨 일이야? 네놈 꼴이 영락없이 도둑놈 꼴이다 인마."

도둑놈 꼴이란 소리가 수남이의 가슴에 가시처럼 걸린다. 수남이는 겨우 숨을 가라앉히고 자초지종을 주인 영감님께 고해 바친다. 다 듣고 난 주인 영감님은 무엇이 그리 좋은지 무릎을 치면서 통쾌해한다.

"잘했다. 잘했어. 맨날 촌놈인 줄만 알았더니 제법인데 제법야."

그러고는 가게에서 쓰는 드라이버니 펜치를 가지고 자전거에 채운 자물쇠를 분해하기 시작한다. 엎드려서 그 짓을 하고 있는 주인 영감님이 수남이의 눈에 흡사 도둑놈 두목 같아 보여 속으로 정이 떨어진다. 주인 영감님 얼굴이 누런 똥빛인 것조차 지금 깨달은 것 같아 속이 메스껍다.

마침내 자물쇠를 깨뜨렸나 보다. 영감님 얼굴에 회심*의 미소가 떠오르더니 자유롭게 된 자전거 바퀴를 시험이라도 하려는 듯이 자전거로 골목을 한 바퀴 빙그르르 돌아 들어와서는,

"네놈 오늘 운 텄다."

그러고는 수남이의 머리를 쓰다듬고 볼과 턱을 두둑한 손으로 귀여운 듯이 감싼다. 영감님이 기분이 좋을 때면 수남이에 대한 애정의 표시로 으레 그렇게 했었고 수남이도 그걸 좋아했었다.

그런데 오늘은 그게 싫다. 영감님의 손이 싫다. 운 트기는커녕 재수 옴 붙었다는 생각이 여전하고, 수남이는 그날 온종일 우울했다. 그러나 자기가 왜 그렇게 우울한지 그걸 차분히 생각할 새도 없는 바쁜 하루였다.

가게 문을 닫고 주인댁에서 날라 온 저녁밥을 먹고 나면 비로소 수남이 혼자만의 시간이다. 꿀 같은 시간이었다. 책을 펴놓고 영어 단어를 찾고, 수학 문제를 풀어 보고, 턱을 괴고 소년다운 감미로운 공상에 잠길 수 있는 그런 시간이었다.

그러나 오늘 수남이는 그게 되지를 않았다. 책을 집어 던졌다.

낮에 내가 한 짓은 옳은 짓이었을까? 옳을 것도 없지만 나쁠

---

* 회심 마음에 흐뭇하게 들어맞음. 또는 그런 상태의 마음.

것은 또 뭔가. 자가용까지 있는 주제에 나 같은 아이에게 오천 원을 우려내려고 그렇게 간악하게 굴던 신사를 그 정도 골려 준 것이 뭐가 나쁜가? 그런데도 무섭고 떨렸던가. 그때의 내 꼴이 어땠으면 주인 영감님까지 "네놈 꼴이 꼭 도둑놈 꼴이다."고 하였을까.

그럼 내가 한 짓은 도둑질이었단 말인가. 그럼 나는 도둑질을 하면서 그렇게 기쁨을 느꼈더란 말인가.

수남이는 몸을 부르르 떨면서 낮에 자전거를 갖고 달리면서 맛본 공포와 함께 그 까닭 모를 쾌감을 회상한다. 마치 참았던 오줌을 내깔길 때처럼 무거운 억압이 갑자기 풀리면서 전신이 날아갈 듯이 가벼워지는 그 상쾌한 해방감—한번 맛보면 도저히 잊혀질 것 같지 않은 그 짙은 쾌감, 아아 도둑질하면서도 나는 죄책감보다는 쾌감을 더 짙게 느꼈던 것이다.

혹시 내 핏속에 도둑놈의 피가 흐르고 있기 때문이 아닐까. 순간 수남이는 방바닥에서 송곳이라도 치솟은 듯이 후닥닥 일어서서 안절부절을 못하고 좁은 방 안을 헤맸다.

수남이의 눈앞에는 수갑을 차고, 순경들에게 끌려와 도둑질의 흉내를 그대로 내 보이던 형의 얼굴이 환히 떠오른다. 그리고 서울 가서 무슨 짓을 하든지 도둑질만은 하지 말라고 신신당부하던 아버지의 얼굴도 떠오른다.

수남이의 형 수길이는, 온 집안 식구가 기대를 걸고 고등학교까지 마쳐 준 보람도 없이 집에서 빈들대다가, 어느 날 갑자기 서울 가서 돈 벌어 성공해서 돌아오겠다는 말 한마디를 남기고 훌쩍 집을 나갔다.

편지 한 장, 하다못해 인편*에 안부 한마디 없는 이 년이 지났다. 그동안 아버지는 푹 노쇠하고, 어머니는 뼈만 남게 야위어서 수남이랑 동생들이랑을 들볶았다.

들볶는 푸념 속에는 무정한 장남에 대한 원망과 함께 그래도 행여나 하는 기대가 곁들여 있는 것을 수남이는 느낄 수 있었다.

수남이도 뭔가 형에 대한 기대를 안 할 수가 없었다. 동생들이 발바닥이 다 닳아 없어져 웃더껑이*만 남은 운동화를 신고 다니는 걸 봐도 "조금만 참아, 큰형이 돈 많이 벌어 가지고 오면 운동화랑 잠바랑 다 사 줄게." 하는 말을 할 지경이었다.

형이 돈을 많이 벌어 오면—이런 기대에 온 집안 식구가 하루하루를 매달려 살았다. 어느 날 밤 형은 돌아왔다. 옷과 운동화와 과자와 고기를 한 짐이나 되게 사 가지고. 형이 정말 돈을 벌어서 별의별 것을 다 사 가지고 온 것이었다. 아버지는 밤중이지만 동네 사람을 모아 큰 잔치를 벌이지 못해 안달을 했다. 형이 험악한 얼굴을 하고 안 된다고 했다.

잔치는커녕 동생들이 좋아서 떠드는 것도 못 하게 윽박질렀다.

수남이는 지금도 그날 밤 일이 생생하다. 그날 밤의 형의 누

• 인편 오거나 가는 사람의 편.
• 웃더껑이 물건의 위에 덮어 놓는 물건을 이르는 말.

런 똥빛 얼굴은 정말로 못 잊겠다. 꼭 악몽 같다.

다음 날 형은 읍내에서 온 순경한테 수갑이 채워져 붙들려 갔다. 형은 악을 써서 변명을 하며 갔다.

"이 년 만에 빈손으로 집에 들어갈 수는 없었단 말야. 도저히 그럴 수는 없었단 말야."

그래서 읍내 양품점을 털어 돈과 물건을 훔친 것이다. 다음에 수남이가 형을 본 것은 읍내로 현장 검증인가를 나왔을 때다. 도둑질한 것을 다시 한 번 되풀이해 보여 주는 것인데, 딴 구경꾼들 틈에 섞여 수남이는 몸서리를 치면서 그것을 봤다. 그 도둑놈과 형제간이란 게 두고두고 생각해도 몸서리가 쳤다.

아버지는 화병으로 몸져눕고 집안 형편은 말이 아니었다. 수남이는 드디어 어느 날 형이 그랬던 것처럼 서울 가서 돈 벌어 오겠다고 집을 나섰다. 아버지는 말리지 않았다. 문지방을 짚고 일어나 앉아서 띄엄띄엄 수남이를 타일렀다.

"무슨 짓을 하든지 그저 도둑질만은 하지 말아라, 알았쟈."

그런데 도둑질을 하고 만 것이다. 수남이는 스스로 그것은 결코 도둑질이 아니었다고 변명을 한다.

그런데 왜 그때, 그렇게 떨리고 무서우면서도 짜릿하니 기분이 좋았던 것인가? 문제는 그때의 그 쾌감이었다. 자기 내부에 도사린 부도덕성이었다. 오늘 한 짓은 도둑질이 아닐지 모르지만 앞으로 도둑질을 할지도 모르겠다는 생각이 들었다. 형의 일이 자기와 정녕 무관한 일이 아니란 생각이 들었다.

소년은 아버지가 그리웠다. 도덕적으로 자기를 견제해 줄 어른이 그리웠다. 주인 영감님은 자기가 한 짓을 나무라기는커녕 손해 안 난 것만 좋아서 "오늘 운 텄다."고 좋아하지 않았던가.

수남이는 짐을 꾸렸다. 아아, 내일도 바람이 불었으면. 바람이 물결치는 보리밭을 보았으면.

마침내 결심을 굳힌 수남이의 얼굴은 누런 똥빛이 말끔히 가시고, 소년다운 청순함으로 빛났다.

1 작품의 내용을 바탕으로 등장인물의 성격을 정리해 보자.

수남이	얼마나 고마운 주인 영감님인가. 이런 고마운 어른을 위해 그까짓 세 사람이 할 일 혼자서 못 할까고 양팔의 근육이 팽팽히 긴장한다.	
주인 영감	"누가 뭐 사람 더 쓰기 싫어 안 쓰나. 어디 사람 놈 같은 게 있어야 말이지. 깡패 놈이라도 걸려들어 봐. 우리 수남이가 물든다고." "잘했다, 잘했어. 맨날 촌놈인 줄만 알았더니 제법인데 제법야."	
신사	"안 되겠네. 요런 악질 깡패 녀석하고 시비해 봤댔자 공연히 시간만 낭비지. 자네 자물쇠 하나 마련해다 주게. 이 녀석 자전걸 잡아 놓기로 하세."	
아버지	"무슨 짓을 하든지 그저 도둑질만은 하지 말아라. 알았쟈."	양심적이고 도덕적이다.

2 자전거를 들고 도망친 수남이의 행동에 대해 지지와 비판의 입장에서 이야기해 보자.

1. 지지의 입장 : 남의 물건을 훔친 것은 아니므로 도둑질이 아니다.

2. 비판의 입장 : 남의 자동차에 흠을 내고도 수리비를 물어 주지 않은 것은 나쁜 짓이다.

3 「자전거 도둑」의 바탕글을 활용하여 낱말 퍼즐을 풀어 보자.

1		2			3	20
		4	5	6		
7	8					
	10					
11		13				
		14		15		
16				17		
18		19				

〈가로 열쇠〉

1. 물건을 모개로 파는 장사. ↔ 소매상
3. 몹시 괴롭히거나 가혹하게 대우함.
4. 모여서 의논하는 곳.
7. 몹시 빠르고 세게 부는 바람.
10. 차량의 몸체.
14. 부모, 형제의 사랑.
16. 「자전거 도둑」의 주인공.
17. 조금도 틀림없이 꼭.
18. 높은 인기를 얻는 연예인이나 운동선수.
19. 밤에 공부함. 또는 '야간 학교'를 줄여 이르는 말.

〈세로 열쇠〉

1. 남의 물건을 빼앗거나 훔치는 짓.
2. 상호의 끝부분을 이루어 상점 또는 회사임을 나타내는 말.
5. 확실히 알 수 없어서 믿지 못하는 마음.
8. 바람의 힘을 기계적인 힘으로 바꾸는 장치.
11. 그리스 신화에 나오는 날개 돋친 천마.
13. 건강한 몸과 온전한 운동 능력을 기르는 일.
15. 사랑하는 정.
20. 작은 물건이 매달려 늘어진 채로 가볍게 흔들리는 모양.

할머니를 따라간 메주

오승희

오승희

동화 작가. 1961년 서울에서 태어나 숙명여대 교육학과를 졸업했다. 거제고등학교에서 교사 생활을 했다. 지은 책으로 『그림 도둑 준모』, 『할머니를 따라간 메주』 등이 있다.

읽기 전에 ~~~~~~

방과 후에 친구들과 함께 시간을 보내고 싶은데, 부모님은 나의 미래를 위해 공부가 더 중요하다고 하십니다. 또 남과 다르게 신나는 삶을 살고 싶은데, 부모님은 평범하고 안정적으로 사는 것이 가장 좋다고 말씀하십니다. 일상에서 우리는 이처럼 수많은 갈등 상황에 직면하게 됩니다. 다음 소설에는 편리함을 추구하는 어머니와 옛것을 따르고자 하는 할머니가 등장합니다. 두 인물 사이의 갈등이 일어나는 원인이 무엇인지, 갈등이 어떻게 전개되다 어떻게 해결되는지를 파악하며 작품을 감상해 보도록 해요.

아파트 앞 주차장에 차가 듬성듬성 세워져 있다. 꼬마 아이
들이 그 사이를 뛰어다니며 놀고 있다. 이제 가을이 왔나 했더
니 벌써 겨울인가 보다. 아이들 옷차림이 두텁다. 아스팔트 위
를 스치는 바람이 제법 매섭게 느껴진다.

집으로 올라가 현관문을 여니 구수하고도 눌은 듯한 냄새가
집 안에 가득 차 있다. 신발을 벗고 들어가면 바로 부엌이다.
할머니는 가스레인지 앞에 서 있었다. 큰 들통에서는 김이 펄
펄 난다.

"할머니!"

"어라? 너 어째 이리 일찍 오냐?"

"할머니도, 참. 토요일이잖아요."

"그렇구먼. 저게 몇 시여? 벌써 시간이 이렇게 됐남?"

할머니는 냉장고 문을 열고 반찬 그릇을 주섬주섬 내놓았다.
나도 숟가락을 놓으며 물었다.

"할머니, 그런데 지금 뭘 하세요?"

"메주콩 삶는 거여. 얼추 다 된 거 같은디."

할머니는 들통 뚜껑을 열고 속을 한 번 뒤저어 보았다.

"그만 끄내야겠다. 잘되았어."

거실 한가운데에 함지°가 놓여 있다. 할머니는 거기다가 콩을 들이부었다.

"너 어여 밥 먹어. 난 이것 좀 찧어야 쓰겄다."

할머니는 방앗공이로 콩을 찧었다.

"절구에 찧어야 하는 건디, 원 옹색혀서° 참."

처벅처벅 찧는 소리가 난다. 밥을 먹다 말고 나는 그쪽으로 가 보았다. 오랜만에 보는 방아질이 재미있어 보인다.

"할머니, 나도 해 볼게요."

"아서. 니가 뭘 혀."

"아이, 할머니. 한번 해 볼게."

방앗공이를 붙들고 떼를 쓰자 할머니는 할 수 없이 그걸 넘겨주었다. 할머니는 내가 찧는 것을 바라보며 한동안 앉아 있더니 혼잣말을 했다.

"에미가 장 관리나 제대로 할지 모르겄네. 이번 장이 잘돼야 두고두고 잘 먹을 텐데……."

"할머니, 어디 가세요?"

할머니는 아무 말도 없이 함지만 내려다보고 있었다.

몇 번 방아질 할 때는 재미있더니 찧어진 콩이 공이에 처덕처덕 달라붙자 힘이 들었다. 내가 가쁜 숨을 쉬자 할머니는 공이를 빼앗으며 말했다.

• 함지 나무로 네모지게 짜서 만든 그릇.
• 옹색하다 자리가 비좁고 답답하다.

"어여 가서 밥이나 먹어. 참, 너 이것 좀 주랴?"

할머니는 공기에다 콩을 조금 덜어 주었다.

"내 어렸을 때, 이거 숱하게 집어 먹었구먼. 왜 그렇게 맛있던지 엄니 몰래 야금야금 먹다가 배탈 나서 칙간(화장실) 뻔질나게 드나들었재."

나는 콩을 입에 넣었다. 밥에 넣어 먹는 콩과는 다른 맛이었다. 푹 익어 물컹거리는 것이 밤 맛 비슷하기도 했다. 하지만 내 입맛에는 맞지 않았다. 나는 슬그머니 그릇을 밀어 놓았다.

현관문 열리는 소리가 나고 엄마가 들어왔다. 토요일이라 일찍 퇴근했나 보다. 엄마는 방아를 찧고 있는 할머니를 보더니 기막히다는 표정을 지었다. 할머니는 모른 체하고 계속 방아를 찧는다. 엄마는 인상을 찡그리며 안방으로 들어갔다. 나도 엄마를 따라 들어갔다. 옷을 갈아입으며 엄마는 조그맣게 중얼거렸다.

"정말 왜 저러신다니? 그렇게 하지 마시라고 말렸는데."

엄마는 화가 나서인지 옷을 탁 팽개쳤다.

"하여간 꼭 자기주장대로만 하시려고 한단 말이야. 해야 되겠다고 한 것은 기어코 하시고야 마니……. 주위 사람들 얘기는 듣지도 않고."

그러고 보니 얼마 전 할머니가 메주를 쑤겠다고 했을 때 엄마가 말렸던 생각이 났다. 아파트니까 항아리 늘어놓을 데도 없고 냄새도 나니 하지 말자고 했던 것이다. 나는 엄마 옆에 서 있기가 불편해 내 방으로 건너왔다. 책상머리에 앉아 숙제

공책을 펴 놓지만 공부가 될 리 없었다.

엄마는 할머니한테 불만이 있을 때 가끔 나에게 푸념을 하곤 했다. 나는 아무 말도 안 하고 듣기만 한다. 하지만 그런 말을 들을 때마다 내 가슴속은 뭉근하니 아파 왔다.

지난 추석 때도 그랬다.

추석날, 점심때쯤 되니 큰고모, 작은고모네 식구들이 왔다. 오랜만에 만난 고모, 사촌들과 어울려 벅적대며 즐겁게 지냈다. 그날 밤은 이 방 저 방, 사람들로 꽉 차서 나는 안방에서 자야 했다. 이불을 쓰고 누워 있는데 엄마가 소리를 죽여 말했다.

"송편 만드시는 걸 뭐라는 게 아녜요. 적당히 하셔야죠, 적당히."

아까부터 하던 말인 모양이었다. 아버지도 나지막하게 대꾸했다.

"당신이 조금만 하자고 하지 그랬어?"

"말씀드리면 무슨 소용이에요. 그 큰 함지에 가득 반죽해 놓고는……. 만드는 사람이나 많으면 또 몰라. 둘이서 그것만 붙들고 하루 종일……."

"그래서 친척들이랑 나눠 먹으면 좋은 거지 뭘."

"뭐예요? 나 같은 사람은 하루 종일 직장에서 시달리고, 집에 와서 좀 쉬면 안 되는 거예요?"

엄마의 목소리가 커졌다.

"그만둡시다. 그만둬."

아빠는 더 이상 듣기 싫다는 듯이 돌아누웠다.

"그거 한 가지뿐이면 내가 말을 안 해. 날이면 날마다 온갖 손 많이 가는 일만 잔뜩 벌여 놓으시니……."

엄마의 목소리가 떨려 나왔다. 나는 누워서 자는 체했지만 마음이 불안해서 오래도록 깨어 있었다.

거실에서 무엇인지 무거운 것을 쿵쿵 내려치는 소리가 들린다. 밖으로 나가 보니 할머니가 널따란 나무 도마에 콩 덩어리를 내리치고 있었다.

"할머니, 뭘 하세요?"

"다 찧어졌응께 인자 메주를 만들어야재."

콩 덩어리는 도마에 닿는 부분이 판판해졌다. 할머니가 그것을 이리저리 돌려 가며 계속 내리치자, 점점 큰 벽돌 모양의 메주 꼴이 잡혀 갔다. 할머니는 세 개째 메주를 만들면서 벌써 힘에 부치는지 숨이 가빠졌다. 나는 슬그머니 할머니가 잠시 내려놓은 콩 덩어리를 끌어다가 내리쳤다.

"야가 왜 이런디야."

"할머니, 힘드시죠? 할머닌 잠깐 쉬세요. 제가 할게요."

"아서, 아서. 괜히 망가뜨리기나 하지."

"저도 잘할 수 있다니까요."

하지만 아무리 내리쳐도 콩 덩어리는 벽돌 모양이 되지 않고 찌그러지기만 한다.

"아이고, 저리 비켜. 니가 뭘 한다고 그랴."

엄마는 부엌에서 설거지를 마치고 마지못한 표정으로 다가왔다. 그리고는 할머니처럼 콩 덩어리로 메주를 만들기 시작했다.

메주는 모두 열두 개였다. 할머니는 다 만든 메주를 베란다에 죽 늘어놓았다. 겉이 꾸덕꾸덕 말라야 끈에 묶어 매달 수 있다고 한다. 가뜩이나 좁은 베란다는 정말 발 디딜 틈이 없어졌다. 우리 집 베란다는 이미 항아리로 가득 차 있었기 때문이다.

작년에 할아버지가 돌아가신 후, 할머니는 우리 집에 왔다. 그때 할머니는 시골에서 쓰던 항아리를 많이 가지고 왔다. 냉장고에 들어갈 만한 작은 것부터 내가 들어가 앉아도 될 만큼 커다란 항아리까지 여러 가지였다. 그땐 베란다에 화초가 많았다. 할머니는 가지고 온 항아리가 베란다에 다 놓아지지 않자 복도에 내놓았다. 하지만 얼마 안 있어 경비원 아저씨가 올라왔다. 복도에다 이렇게 뭘 많이 내놓으면 안 된다는 것이었다. 푸르름을 자랑하던 화초들은 어느덧 하나씩 구석으로 밀려나거나 비상구로 내몰렸다. 가장 햇볕이 잘 드는 장소는 간장 항아리나 고추장, 된장 항아리가 차지하게 되었다.

저녁에 집에 돌아온 아버지가 베란다에 늘어놓은 메주를 보았다.

"하지 마시라니까, 어머니는 참. 슈퍼에서 사다 먹으면 될 걸 가지고."

할머니는 못마땅한 낯빛으로 아버지를 나무랐다.

"장은 집에서 담가야 제맛이 나는겨."

"요즘에는 파는 된장도 맛이 괜찮다구요."

"딴건 몰라도 이건 안 되야. 그깟 조미료로 범벅한 것이 제대로 된 장이여? 시상이 아무리 바뀌었기로서니. 다신 그런 말 하덜 말어."

아버지도 더 이상 대꾸를 못 했다.

며칠 후, 엄마가 몸이 좀 안 좋다고 일찍 들어온 날이었다. 내 방에서 숙제를 하고 있는데 못 박는 소리가 났다. 곧 이어 엄마의 놀란 목소리가 들려왔다.

"아니, 어머니. 뭘 하시는 거예요?"

나도 밖으로 나가 보았다. 할머니가 베란다에 의자를 내놓고 그 위에 올라가 있었다. 그러고는 또 하나 못을 박는 것이었다. 창고 문틀 위에 나란히 못이 박혀 있었다.

"메주 매달아 놓을라고 그려."

엄마는 한숨을 폭 쉬었다.

"어머니, 그런 데다 못을 박으시면 어떡해요."

"매달아 놓을 데가 마땅치 않아 그러재. 원 메주 하나 매달아 놓을 데도 없는 집구석이 어디 있다냐. 몹쓸 놈의 집구석이여."

할머니는 못을 또 하나 들어서 박았다. 그것을 본 엄마는 입을 앙다물고 눈을 한 번 꼭 감았다 뜨더니 떨리는 목소리로 외쳤다.

"아니, 메주만 중요하고 집 꼴은 아무렇게나 돼도 괜찮단 말씀이세요?"

할머니는 그제서야 돌아서서 엄마 얼굴을 똑바로 바라보았다.

"뭐여? 집 꼴? 그럼 내가 집 꼴을 망치고 있단 말여? 못 몇

개 박은 게 집 꼴을 망치는 거란 말여?"

할머니는 눈을 부릅뜨고 노여워 어쩔 줄 몰라 했다. 나는 무서웠다. 엄마가 이렇게 할머니에게 대드는 것은 처음 보았다. 엄마는 울상을 지으며 말했다.

"그러니까 메주 만들지 마시라 그랬잖아요."

"뭣이여? 메주를 만들지 마라? 니가 지금 메주 만드는 거 돕기나 하면서 그런 말을 하냐? 손가락 하나 까딱 안 하고 만들지 말란 소리만 하면 다여?"

"요즘 아파트에서 그런 거 만드는 사람이 몇이나 된다고 그러세요."

"너는 안 먹고 살래? 아무리 아파트기로서니 사람이 할 일은 하고 살아야재. 그래, 아파트 살면 장을 다 사 먹어야 한단 말이여?"

"아유, 그만두세요. 어머닌 옛날 방식만 고집하시니."

엄마는 돌아서서 안방 쪽으로 갔다. 할머니는 속이 상한지 한참이나 그대로 서 있었다. 나는 조심스럽게 할머니를 불러 보았다.

"······할머니이."

할머니는 그제서야 내 얼굴을 보더니 혼잣말같이 중얼거렸다.

"시상이 아무리 달라졌다 혀도 달라지지 않는 것도 있는 법이여. 그렇재, 암."

그러고는 박아 놓은 못에 메주를 걸었다. 메주는 창고 문 앞에 주렁주렁 매달렸다. 못에 다 걸 수가 없어서 빨래 건조대에도 매달았다.

내 방으로 가다가 안방 문을 살짝 열어 보았다. 엄마가 쪼그려 앉아 두 팔에 머리를 묻고 있었다. 나는 엄마를 부르지도 못하고 문을 다시 닫았다.

왜 이래야 되는지 도무지 알 수가 없었다. 나는 엄마도 좋고 할머니도 좋다. 그런데 두 분이 사이가 안 좋은 건 정말이지 견딜 수 없을 만큼 슬프고 괴롭다. 어떡하면 좋을까?

방학은 왜 이리 빨리 지나가는지 모르겠다. 방학했다고 좋아라 한 게 엊그제 같은데 반 너머 지나갔다. 메주 띄우는 냄새가 온 집 안에 가득 찼다. 오래 씻지 않은 발에서 나는 고린내 같기도 하고 쓰레기 썩는 내 같기도 한 냄새였다. 베란다에 있던 메주는 이제 할머니 방에 잘 모셔져 있다. 할머니는 메주를 정말 정성껏 돌보았다. 내가 할머니 방 문이라도 열어 놓으면 혼이 난다. 찬바람이 들면 메주가 잘 뜨지 않는다는 것이다.

엄마는 이제 메주에 대해 아무 말도 하지 않았다. 할머니도 엄마에게 못마땅한 내색을 하지 않았다. 어른들은 따로 화해를 안 해도 이렇게 풀어지나 보다. 적어도 겉으로 보기에는 예전과 같아졌다.

"이거 봐라. 아주 잘 떴다."

며칠 후, 할머니는 나에게 메주를 갈라서 보여 주었다. 메주에는 허옇게 곰팡이가 피어 있었다.

"어휴, 이거 썩었잖아요. 이걸 어떻게 먹어요?"

나는 인상을 찌푸렸다. 꼭 내다 버렸으면 좋겠다. 아무리 해도 먹을 수 있을 것 같지 않았다. 흐뭇하게 웃고 있는 할머니가 이상해 보였다.

쉬는 시간에 교실 창문을 열었다. 싸아한 기운이 얼굴에 닿는다. 나는 심호흡을 해 보았다. 차가운 바람 사이로 언뜻언뜻 훈훈한 기운이 섞여 있다. 얼마 전까지만 해도 칼바람에 코가 얼얼했는데. 이제 겨울도 다 지난 것 같다.

"은지야, 뭐 해? 추운데."

단짝 친구 희정이다.

"으응, 좀 답답해서. 이제 겨울도 다 갔나 봐."

희정이는 옆에 와서 서 있다가 몸을 움츠린다.

"아휴, 추워. 아직 쌀쌀한데 뭘."

"이제 조금 있으면 봄 방학이야. 5학년도 얼마 안 남았어."

"정말! 아후, 난 6학년 되기 싫어. 너랑 헤어질지도 모르잖아."

희정이는 내 어깨를 얼싸안았다. 나도 후후 웃었다.

"은지야, 너 오늘 우리 집에 가서 놀지 않을래?"

"너 학원 안 가?"

"애 좀 봐. 오늘 토요일이잖아. 우리 집에 가서 점심 먹고 놀다 가라, 응? 응? 얼마 안 남은 5학년인데 마음껏 놀아야지."

나는 피식 웃으며 고개를 끄덕였다.

희정이네 집은 학교에서 가까웠다. 집에 들어서니 희정이 엄마가 반갑게 맞아 주었다.

"아유, 은지 오랜만이다. 그동안 왜 그렇게 놀러 안 왔니?"

희정이 엄마는 귀한 손님 왔다며 부엌으로 들어갔다. 잠시 후 차려진 점심상에는 맛있는 반찬이 여럿 있었다. 김치 부침, 샐러드, 감자튀김, 된장찌개……

나는 튀김을 집어 먹었다. 김치 부침도 먹었다. 희정이는 뜨거운 된장찌개에 코를 박고 퍼먹었다. 나중에는 찌개 국물을 부어 넣고 밥을 비벼 먹었다.

"희정아, 너 된장찌개 되게 좋아한다."

희정이는 밥을 입에 넣은 채로 웃으면서 끄덕였다.

"응. 우리 엄마가 나더러 요즘 아이들 같지 않대."

"난 그저 그렇던데."

"우리 할머니, 장 담그시는 솜씨가 이거거든."

희정이는 엄지손가락을 내밀었다.

"시골 우리 할머니 댁 처마 밑엔 메주가 주렁주렁 달려 있어."

희정이 엄마가 곁에서 웃으며 말했다.

"우린 희정이 때문에 된장 얻으러 시골 간다니까. 지난번엔 할머니가 벌써 다 먹었냐면서 놀라시더라. 조금 주시는 것을 사정사정해서 많이 얻어 가지고 왔어."

"너도 좀 떠먹어 봐. 한국 사람은 뭐니 뭐니 해도 김치랑 된장찌개를 먹어야지."

나는 찌개 국물을 떠먹었다. 톱톱하고* 구수한 맛이 입안에

---

* 톱톱하다 국물이 묽지 않다.

퍼졌다. 우리 집 메주가 생각났다.

"우리 집에도 메주 있어. 많이."

"어머! 정말?"

"그러엄. 나도 만들어 봤는걸. 언제 우리 집에 오면 보여 줄게."

나는 은근히 자랑스러웠다.

집으로 걸어오며 여러 가지 생각이 떠올랐다. 우리 집과 희정이네는 좀 다른 것 같다. 우리 엄마는 메주 쑤지 말라고 그러는데 희정이 엄마는 그걸 얻으려고 사정사정했단다.

'우리 집도 희정이네처럼 된장을 좋아한다면 엄마와 할머니의 사이가 좀 더 좋아지지 않을까? 된장이 모자라면 엄마가 할머니한테 제발 메주 좀 많이 쑤시라고 할지도 몰라. 그럼 할머니는 좋아하시겠지.'

내가 잘 먹는 음식이라면 뭐든지 해 주는 엄마 생각도 났다. 엄마는 내가 먹고 싶다고 하기만 하면 먼 곳에 가서라도 꼭 그 음식을 구해다 준다.

'그래. 내가 된장을 잘 먹는 거야. 희정이처럼.'

그날 저녁때부터 나는 된장찌개를 찾았다.

"엄마, 나 된장찌개 먹고 싶어."

엄마는 멸치, 감자, 두부 들을 넣고 끓여 주었다. 그리 좋아하지 않는 데다가 낮에 희정이네서 먹어서인지 별맛이 없었다. 하지만 자꾸자꾸 떠먹으려고 노력했다.

그다음 날, 또 그다음 날 저녁때도 된장찌개를 찾았다. 엄마는 나를 이상하다는 눈으로 바라보았다.

"너 언제부터 이렇게 된장 좋아했니?"

"응, 희정이네서 먹어 보니까 맛있더라구."

아닌 게 아니라 자꾸 먹다 보니 처음보다 훨씬 맛있게 느껴졌다. 처음엔 텁텁한 맛이 싫었는데 이젠 거슬리지 않는다.

매일 저녁 된장을 먹으며 나는 엄마와 할머니 사이를 살폈다. 하지만 별로 달라져 보이는 건 없었다. 엄마는 거의 찌개를 먹지 않았다. 아빠도 저녁을 먹고 들어오는 날이 많았다. 그러니 찌개는 주로 할머니와 나만 먹었다. 그 전날 했던 찌개가 남아 다음 날까지 먹는 일도 종종 있었다.

'이래서는 된장이 많이 없어지지 않을 텐데……'

나는 걱정이 되었다. 하지만 뭐, 그전보다 많이 먹으니까 언젠가는 다 없어질 것이다. 그러면 엄마가 할머니한테 빨리 저 메주로 된장 좀 만들라고 하겠지.

하루가 다르게 풀려 가는 날씨에 때로는 외투가 무겁게 느껴진다.

학교에서 돌아와 보니 할머니가 옷장 속에 든 옷들을 꺼내 놓고 있었다. 요즘 들어 할머니는 부쩍 옷이나 물건들을 꺼내 놓고 정리하는 일이 잦았다.

"할머니, 또 옷 정리하세요?"

할머니는 옷을 만지다 말고 나를 물끄러미 바라보았다.

"봄옷 꺼내시려구요? 정말 봄 다 됐어. 막 빨리 걸어오니까 땀이 나려고 그러는 거 있죠."

나는 손으로 활활 부채질하는 시늉을 했다. 할머니는 착 가라앉은 목소리로 나를 불렀다.

"은지야."

부채질을 멈추고 할머니 얼굴을 들여다보았다.

"이 할미 없더라도 공부 잘하고 잘 있어야 혀."

"할머니, 어디 가세요?"

"너 두고 가는 게 젤로 마음에 걸려야."

할머니 얼굴이 슬퍼 보였다. 마음이 다급해졌다.

"할머니, 어디 가시는데요? 빨리 말해 봐요."

"이 할미, 고향으로 내려가야 쓰겠다."

"왜? 왜, 할머니? 엄마랑 또 싸우셨어요?"

"아녀. 싸우긴. 그런 거 아녀."

"그럼 왜애?"

"느이 집에 살면서 자꼬 생각혀 봐도 내 있을 곳은 거기뿐인 거 같여."

"할머니, 싫어. 우리랑 같이 살아요."

나는 할머니 팔을 붙들고 애원했다. 눈물이 나올 것 같았다. 할머니는 그동안 줄곧 마음이 불편했던 걸까? 된장찌개까지 애써 먹으면서 엄마와 할머니 사이를 돌려놓으려 했는데…….

"할머니, 조금만 더 기다려 봐요. 이제 엄마도 메주 쑤라고 할 거예요."

"메주?"

할머니는 뜻밖이라는 표정이더니 이내 쓸쓸히 웃었다.

"그려, 참. 메주도 갖고 가야지."

그날 저녁 집에 온 엄마는 나보다 더 놀란 것 같았다. 나에게 이야기를 듣고는 할머니 방으로 뛰어 들어갔다.

"도대체 왜 이러세요? 내려가시다니요?"

"그랴. 내 진즉부터 얘기하려 했는데……."

"안 돼요. 그렇게 내려가시면 어떡해요."

엄마는 방 한 귀퉁이에 있는 옷 보따리를 빼앗기라도 할 듯 움켜잡으며 말했다.

"어머니가 그런 생각까지 하고 계신 줄은 몰랐어요. 그렇게 노여우셨어요? 그동안 제가 잘못했어요. 내려가신다는 말씀 거두세요. 제발 노여움을 푸세요."

엄마는 울먹이며 할머니에게 빌었다. 할머니는 고개를 가로 저으며 말했다.

"아녀. 너한테 서운한 게 있어 내려가려는 게 절대 아녀. 내 오래전부터 생각하고 있었어. 서울서는 도대체 내가 살 수가 없어야. 흙 마당 하나 밟을 데 없이 이렇게 갇혀서는 내가 제 명에 죽지 못할 거 같여."

"그래도 어머니, 어떻게 혼자 가서 사시려고 그러세요."

"혼자는 무슨. 바로 옆집에 작은엄니 안 계시냐. 또 건너 건 넛집은 당숙*네고. 동네가 다 일가붙인데 혼자는 무슨 혼자래

---

* 당숙 아버지의 사촌 형제로 오촌이 되는 관계.

여? 아마 나 내려간다 하믄 작은엄니가 젤로 좋아하실 거구
면."

할머니의 생각은 굳었다. 아버지까지 함께 말려 보았지만 할
머니는 변함없었다.

"내 진즉부터 생각하고 있었는데 이제사 말하는 것은 날 풀
리기만 기다린 거여. 그래야 씨도 뿌리고 일을 할 거 아니겠냐?
여기 와서 꼼짝 않고 앉아 있으려니 원 갑갑증이 나서 참말
로……. 내 수족* 성할 때 부지런히 놀려야 안 쓰겠냐? 나중에
더 늙어서 움직이지 못하걸랑 그때사 에미 네 손 좀 빌리고."

우리는 할머니를 보내 드려야 했다. 할머니는 지난 이 년 동
안 무척 힘들었던가 보다. 사는 것 같지가 않았다고도 했다.
우리가 잘해 드린다 하더라도 할머니는 이곳, 이 아파트에서
는 행복하지가 않은 것이다.

일요일, 아버지 차에 살림살이와 옷 보따리, 그리고 메주가
실렸다.

"내, 여기 있으면서 마지막으로 장이나 담가 놓고 갈라 혔는
디, 암캐도 가지고 가서 담가야 쓰겠다. 장도 아파트에서 담그
면 지맛이 안 날 것 같어야. 햇볕 볼 거 다 보고 바람 맞을 거
다 맞고 익어야 제대로 되재."

그러면서 할머니는 떠나갔다. 낮에 텅 비어 있는 집에 있으
면 가슴속이 이상스럽게 물결쳤다. 엄마는 할머니한테 자주

* 수족(手足) 손발.

찾아가자면서 나를 달래 주었다.

그다음 주 일요일, 미처 가져가지 못한 항아리들을 싣고 우리 식구는 할머니한테 갔다. 고속도로는 때 이르게 봄나들이 나온 차들로 붐볐다. 고속도로에서 벗어나 꼬불꼬불한 길을 한참 달렸다. 마을 어귀에 도착했을 때는 벌써 점심때가 훌쩍 지나 있었다. 차를 세우자마자 나는 할머니 댁으로 달려갔다.

"할머니! 할머니!"

할머니는 집 앞 텃밭에 앉아 호미로 밭을 고르고 있었다.

"어이구, 내 새끼 인제 오냐?"

할머니 얼굴이 활짝 펴진다. 엄마와 아버지는 항아리를 하나씩 들고 뒤따라오며 인사를 한다.

식구들은 집 마당으로 들어섰다. 엄마는 마당을 둘러보며 말했다.

"지난주 왔을 때는 앞마당에 풀이 그렇게 무성하더니 이제 사람 사는 집 같아졌네요."

"그랴. 요 며칠, 집 건사하느라고* 내가 고상 좀 했재."

점심 먹은 후 할머니와 아버지는 부엌 뒤 담 허물어진 곳을 손보러 갔고, 엄마는 부엌 찬장을 깨끗이 닦느라고 바빴다. 나는 마루에 걸터앉아 있다가 집 구석구석을 둘러보기 시작했다.

어두컴컴해 도깨비가 나올 것 같은 헛간, 커다란 감나무가 있는 마당 한 귀퉁이, 자동 펌프 소리가 윙윙 나는 수돗가, 지

---

* 건사하다 제게 딸린 것을 잘 보살피고 돌보다.

금은 거미줄만 잔뜩 쳐진 사랑채, 그리고 사랑채 옆 뒤꼍*
가는 터에 놓여진 장독대…….

크고 작은 항아리들이 모양 있게 늘어서 있다. 어떤 것은 배
를 한껏 내밀고 어떤 것은 큰 키를 뽐내며 저마다 당당하다.
옹기종기 모여 서 있는 모습이 정답기도 하다. 그중 큰 항아리
에는 새끼줄이 둘려 있었다. 새끼줄에는 숯과 고추가 끼워져
있었고 그 항아리 속에 메주가 있었다. 메주는 물에 잠겨 있었
다. 숯과 고추도 둥둥 떠 있었다.

할머니가 앞마당으로 나오다가 나를 보았다. 나는 할머니를
불렀다. 그리고 새끼줄을 가리키며 물었다.

"할머니, 이거 왜 이렇게 해 놨어요?"

"부정 타지 말라고 그런 것이재. 나쁜 귀신 오지 말라고."

"이렇게 해 놓으면 부정 안 타요?"

"암만. 창호지로 버선 모양 오려 붙여도 좋고."

"할머니, 그건 내가 해 볼래요."

할머니는 고개를 끄덕이며 항아리 배 부분을 쓸어 본다.

"근데 할머니, 이게 무슨 물이에요?"

"이게 간장이여. 메주에다 소금물을 부어 놓으면 간장이 되
는 거여. 메주는 주물러서 된장으로 먹는 거고."

"참 신기하다. 그럼 메주가 간장도 되고 된장도 되는 거네."

"간장, 된장뿐이여? 고추장에도 메줏가루가 들어가야 되

• 뒤꼍 집 뒤에 있는 뜰이나 마당.

는겨."

"와아, 정말? 할머니, 이담에 나한테도 메주 만드는 법 가르쳐 주세요."

할머니는 따뜻하게 웃으며 내 머리를 쓰다듬어 주었다. 훈훈한 봄바람이 살랑살랑거리며 내 콧속을 간지럽힌다. 단지 위를 스쳐 온 맛있는 봄바람이다.

그날 저녁 밥상에는 된장찌개가 올랐다. 뚝배기 속으로 식구들의 숟가락이 쉴 새 없이 들락날락했다. 엄마도 후후 불며 열심히 먹는다. 가만히 보니 엄마 콧등에 땀이 송글송글 맺혔다. 엄마와 눈이 마주쳤다. 나는 살짝 웃고 다시 열심히 먹었다. 엄마는 내가 잘 먹는 모습을 물끄러미 보더니 중얼거렸다.

"올해 담근 메주도 이 맛이 나야 할 텐데."

1 이 작품의 내용을 바탕으로 빈칸에 적절한 단어를 써 보자.

아파트에서 □□를 만드는 할머니와 이를 못마땅하게 여기는 엄마 사이에서 □□이 생긴다. '나'는 할머니와 엄마를 화해시키기 위해 □□□□를 열심히 먹는다. 하지만 할머니는 도시가 답답하다며 □□로 내려간다. 주말에 할머니가 계시는 시골집으로 내려가 보니 뒤꼍에 크고 작은 □□□가 늘어서 있다. 그날 저녁 온 가족이 함께 □□□□를 맛있게 먹는다.

2 메주를 중심으로 이 작품에 등장하는 할머니와 엄마 사이의 갈등 원인을 파악하고 '나'는 어떤 노력을 했는지 써 보자.

할머니의 행동	⬌	엄마의 생각

● 할머니와 엄마 사이의 갈등 해결을 위한 '나'의 노력:

3 다음은 이 작품을 읽은 두 학생의 반응이다. 이를 참고하여 작품 속 할머니의 행동에 대한 나의 생각을 정리해 보자.

A 학생: 시대가 바뀌면 사람들이 사는 방식도 변화하게 마련이야. 바쁜 현대 사회를 살아가는 우리가, 오랜 시간을 투자해서 메주를 만들고 장을 담그는 할머니의 행동을 이해하기 어려워. 메주는 만들기도 힘들고 메주를 띄울 때 냄새도 고약한데, 공동 주택에서 생활하는 우리가 자칫 이웃에게 피해를 줄 수도 있어. 고추장, 된장 등은 이제 손쉽게 사 먹을 수 있는 식품이 되었는데, 그걸 꼭 불편하게 직접 만들어 먹어야 할까?

B 학생: 시대가 변해도 달라지지 않는 것이 있어. 가족을 아끼고 사랑하는 마음. 가족의 건강보다 중요한 것이 어디 있겠어? 우리 가족이 먹는 것이니 조금 수고스럽더라도 시간과 정성을 들여 내 손으로 직접 만들어야 한다는 할머니의 마음을 모르겠니? 사람을 소중히 여기는 마음과 음식 안에 깃든 우리 조상들의 정신을 생각한다면, 메주를 띄우고 장을 담그는 할머니의 심정을 조금은 이해할 수는 있을 것 같아.

● 할머니의 행동에 대해서 나는 이렇게 생각해.

소를 줍다

전성태

전성태

소설가. 1969년 전남 고흥에서 태어나 중앙대 문예창작과를 졸업했다. 1994년 실천문학 신인상에 단편소설 「닭몰이」가 당선되어 등단했다. 지은 책으로 『매향』 『국경을 넘는 일』 『늑대』 『여자 이발사』 『두 번의 자화상』 등이 있다.

읽기전에 〜〜〜〜〜〜

여러분은 무엇을 주워 본 경험이 있나요? 교실에서 볼펜을? 길에서 동전을? 아마도 소를 주워 본 사람은 없을 겁니다. 동맹이는 장마철 강어귀에서 소를 주웠답니다. 이런 횡재가 있을까요? 1970년대만 해도 소는 집안의 경제적 기반이 될 정도로 중요했지요. 하지만 가난한 동맹이네는 소가 없답니다. 주운 소를 집으로 몰고 온 동맹이와, 아들의 이런 행위를 본 아버지 사이에 무슨 일이 벌어질까요? 이 소 주인은 끝까지 나타나지 않을까요? 주운 소와 동맹이가 끝까지 함께할 수 있을지 자못 궁금해집니다.

우리 집에 소를 들인 건 세 차례였다.

아버지는 조금 흠이 있기는 했지만 훌륭한 농사꾼이었다. 다 아는 대로 우리 아버지는 원래 농사꾼이 되고 싶어 했던 사람은 아니었다. 광주와 서울을 오르내리는 비둘기호 열차에서 땅콩 오징어를 파는 일이 그이의 직업이었다. 그것도 먼 친척 중에 철도 강생회에 몸담고 있는 이가 있었는데, 그이가 강생회가 홍익회로 바뀔 예정이라며 그 틈을 잘 타 보자고 해서 거금을 밀어 넣고 세 해나 기다려서 겨우 얻은 일자리였다.

심심풀이 땅콩 오징어를 팔았지만 사는 일은 심심풀이가 아니어서 아버지는 할 수 없이 다시 낙향˚길에 접어들었다. 당시 기차간은 깡패 소굴인지라 불량배들이 땅콩 오징어를 제 물건 가져가듯 쓸어 갔다고 한다.

"어이, 아자씨! 입이 궁금한디 거 수리매˚ 끄슬린 거 두 마리만 내놔 봐."

"우리 거그 고객인 거 잘 알제? 장부에 달어 둬이."

˚낙향 시골로 거처를 옮기거나 이사함.
˚수리매 '오징어'의 사투리.

"으마, 심심풀이라메?"

이 불량배 님들은 아버지가 양말목에 꼬깃꼬깃 모아 둔 물품 대금까지 강탈해 갔다. 그 바람에 퇴근길은 노상 외상 장부만 불려 오는 길이었으니, 그이의 객지 생활 삼 년은 말도 아니었다. 식구 망실˚ 없이 하나 더 보탠 것만으로도 감지덕지해야 할 판이었다.

말 그대로 아버지가 다시 귀향길에 오를 때 불린 재산은 둘째인 나를 더 얹은 게 유일했다. 닳고 닳은 세간을 밀린 방세 대신 주인집에 일괄 도매로 넘기며, 그나마 주인집이 고물상이라 돌아서는 걸음에 면목이 섰다고 한다. 세 살배기로 둘러 업고 올라온 큰아들은 주인집 엿판 위에 실어 한 삼 년 양동(陽洞) 시장께로 돌려 대서 그나마 촌 땟국물을 씻겼노라 허허 웃으셨다고 한다.

역시, 농사꾼으로서 아버지에게는 몇 가지 흠이 있었다. 우선 농토가 없다는 게 그중 큰 흠이었다. 어려서부터 손에 익힌 농사일이고 눈썰미가 있는 편이었지만 치명적으로 농부에게는 생명이나 다름없는 땅이 없었던 것이다. 금점꾼˚ 중에 노름꾼 아닌 인사 없다는 말처럼 할아버지는 꼭 그대로 살아 손바닥만 한 산밭만 남겨 놓았다. 두 마지기 그 산밭이 아버지가 다시 찾아 지을 수 있는 유일한 농토였다. 아버지는 그러나 낙

˚ 망실 잃어버려 없어짐.
˚ 금점꾼 금광에서 일을 하는 사람.

향 이태 만에 묘지기* 몫으로 밭 두 마지기를 맡을 수 있었고, 소작*으로도 논 세 마지기를 얻어 짓게 되었다.

또 하나 아버지가 지닌 소소한 흠은, 마을 사람들의 입을 빌려 하자면, 농사를 너무 예술적으로 접근한다는 것이었다. 아버지는 밭고랑을 타더라도 줄을 띄워 한 치의 비뚤어짐을 허용하지 않았다. 못자리를 만들 때는 미장이처럼 흙손*을 들고 무논*에 꿇어앉아 반듯하게 만들어 나갔다. 그래서 어머니와의 다툼이 늘 끊이지 않았다.

"시방 집 지요? 넘들은 대충들 해 놔도 모가 잘만 지릅디다. 요래 하다가는 넘들 나락* 빌 때 우린 모내게 생겼구만 똑."

그때마다 아버지는 욧시! 고함을 쳤다.

"잔말 말고 줄이나 팽팽히 땡겨!"

"참 내…… 이녁*은 뭔 농새를 똑 구경할라고 짓는 사람 맹이요."

어머니가 좀 죽어서 말을 흘리면,

"말 잘했다. 농새는 뿌려 노믄 지심 뽑고 솎아 주는 일이 반이고, 인자 오가며 들여다보는 재미가 반인디, 인자 뒤에는 눈에 나 고치재도 손 못 쓰네."

---

* 묘지기 산소를 지키며 보살피는 사람.
* 소작 농토를 갖지 못한 농민이 일정한 사용료를 지급하며 다른 사람의 농지를 빌려 농사를 짓는 일.
* 흙손 흙일을 할 때 이긴 흙이나 시멘트 따위를 떠서 바르고 그 겉 표면을 반반하게 하는 연장.
* 무논 물이 괴어 있는 논.
* 나락 벼.
* 이녁 듣는 이를 조금 낮추어 부르는 말.

하여, 어머니로 하여금 늘 제 남편 꼭뒤*에 헛주먹을 지르게
하였다.

우리 집 논밭은 마치 농촌 지도소 시범 경작지처럼 보기에
미끈했다. 자신의 말대로 아버지는 논밭 둑에 앉아 자라나는
곡식 구경하기를 즐겨 하였다.

아버지의 이 능률 없이 답답한 일 버릇은 가축 치는 일에서
는 의외로 진가를 발휘했다. 돼지 한 마리를 길렀는데 열 마리
가 넘는 새끼를 여덟 배나 받아 냈다. 새끼 받는 날이면 아버
지는 돼지우리에 남포등을 걸고 산파 노릇으로 밤을 새웠다.
그때나 이제나 돼지 젖꼭지는 꼭 악기 실로폰을 연상시킨다.
앞쪽에 붙은 것일수록 작고 뒤쪽으로 갈수록 점점 커지는 경
향이 있는 것이다. 그러나 반대로 젖은 작은 쪽이 많이 나와서
앞쪽을 차지한 새끼 돼지가 더 탐졌다. 한배에서 나온 새끼들
이라도 젖살이 오르면 서열이 생겨 힘없는 놈은 늘 말라붙은
젖꼭지 차지이게 마련인데, 아버지는 이 애로 사항을 그 꼼꼼
한 버릇대로 해결하였다. 매번 수유 때마다 새끼들을 돌려 주
어 젖이 고루 가게 한 것이다. 그래서 장사꾼에게 넘길 때 우
리 집 돼지 새끼는 몸집이 더 가고 축나는 놈 하나 없이 같은
값을 받았다.

한번은 돼지가 새끼를 열네 마리나 낳아서 좋다 말 일이 생
겼다. 내 셈으로도 어미 젖꼭지는 두 개나 모자랐다. 더구나

---

* 꼭뒤 뒤통수의 한가운데.

맨 뒤쪽 젖꼭지 둘은 크기만 하였지 수놈 것마냥 빈 것이어서 젖꼭지는 도합 네 개가 부족한 것으로 봐야 했다. 하지만 아버지가 어떤 사람인가? 둥구미˙를 우리 앞에 놓고 네 마리씩 교대로 빼돌려 새끼들이 돌아가며 어미젖을 고루 먹게 하였다. 한술 더 떠서 어미가 불안하면 젖이 보타진다고˙ 새끼를 옮길 때마다 아버지는 어미 돼지 머리 위에 토란 잎을 씌워 눈을 가려 주었다. 열네 마리나 되는 새끼를 다 살려 내 기르자 동네에는 희한한 소문이 나돌았다. 젖꼭지가 모자란 새끼 두 마리는 어머니 도롱굴댁이 손수 젖을 물려 길렀다는 웃긴 소문이었다.

그래도 우리 집이 가축이 잘되는 집이라는 소문은 맞는 말이었다. 한마을 오쟁이네가 우리 집에 소를 맡겼으니 말이다. 가축이 안 되기로 그만한 집도 없었다. 개가 걸핏하면 쥐약을 먹고 들어와 청마루 밑을 베고 누웠고, 매어 놓고 길러도 병나서 죽어 나가기 일쑤였다. 하다못해 정부에서 쥐잡기 운동을 벌이면서 두 호(戶)당 한 마리씩 분양한 새끼 고양이도 쥐 한 마리 못 잡아 보고 보름 만에 시름시름 죽어 나갔다. 물론 그거야 오쟁이가 제 동생하고 하도 껴안고 돈 나머지 손길을 너무 타서 죽은 것이지만 어쨌든 가축 안 되는 집이란 흉조˙는 씻을 수 없었다. 마침내 첫배˙를 보게 된 암소가 송아지를 사산하고

˙둥구미 짚으로 둥글고 울이 깊게 걸어 만든 그릇.
˙보트다 마르다.
˙흉조 불길한 징조.
˙첫배 짐승이 새끼를 낳거나 까는 첫째 번.

말자 오쟁이네 아버지는 부랴부랴 소를 우리 집에 맡기게 되었다. 쟁기질에 맘껏 부려도 된다는 조건을 아버지가 마다할 리 없었다. 그래서 우리 집이 최초로 들여놓은 소는 그 오쟁이네 암소였다.

나는 신날 일이 하나도 없었다. 아침저녁으로 오쟁이와 돌아가며 꼴을 베다 주는 일도 귀찮았고, 오쟁이 녀석이 주인 행세하는 꼬락서니도 영 마뜩잖았다.

"아부지, 우리도 소 한 마리 사 불어."

내가 골이 나 말하면 아버지는 오냐, 그러자 하면 좀 좋을까만,

"염병할, 소가 토깽이냐? 사고 잡다고 달랑 사게. 당장 저 도짓소 라도 읎으믄 니하고 니 성, 핵교도 끝이여. 그란다고 니 놈이 목에다가 멍에를 걸그냐?"

하며 씨도 안 먹힌다는 반응이었다.

"그람 차차 시양치 낳으믄 우리 주라고 해. 우리가 키와 주는디 고것 하나 못 해."

"네이…… 아부지가 뭐라고 하디? 입 구녕이 너무 허황되게 넘의 밥그럭을 넘보는 고것을 뭐라고 하디?"

"불량배."

"지발 우리는 그렇게 개적잖게 살지 말자. 개새끼 한 마리

• 도짓소 한 해 동안에 곡식을 얼마씩 내기로 하고 빌려 부리는 소.
• 시양치 '송아지'의 사투리.

거저 은어다가 길렀다는 말 들어 봤어도 시양치 한 마리 거저 은었다는 말은 못 들어 봤응께."

"그거이 으디 공짜여, 우리 집이서 재우고 멕이고 다 하는디?"

"그만 새살* 까 대고 얼릉 풀이나 비 와야. 저번 맹이로 쑥만 해다가 퍼 믹이지 말구. 소 똥구녕 맥히는 날엔 니놈 입 구녕도 밥 구경 끝이여."

아버지는 꼴망태를 걸어 주고 나를 막 내몰았다.

오쟁이네 암소는 우리 집에서 송아지를 두 배나 착실히 쳤다. 물론 어미 소도 송아지도 탈 없이 잘 자랐다. 소에 대한 믿음이 생기자 오쟁이네는 이태 만에 소를 몰고 갔다. 세 번째 송아지는 아버지가 받아 주었지만 어쨌든 오쟁이네는 가축이 안 되는 징크스*에서 말끔히 벗어났다.

우리 집에 두 번째 소가 들어온 것은 내가 초등학교 3학년 때였다. 긴 장마가 조금 누그러지자 나는 아이들과 함께 옥강 둑으로 나가 불어난 강물에서 떠내려오는 물건을 건져 냈다. 그것은 할아버지의 할아버지가 아이였을 때로부터 내려오는 일이었다. 병, 깡통, 양은이나 플라스틱으로 된 가재도구, 버드나무에 걸린 비닐 조각 따위를 대작대기로 끌어내느라 우리는 며칠째 강둑에서 낚시꾼마냥 붙어 지냈다. 모두 엿하고 바

---

* 새살 다른 사람에게 잔소리를 하거나, 어떤 사정을 길게 늘어놓는 일.
* 징크스 으레 그렇게 될 수밖에 없는 악운으로 여겨지는 것.

꿔 먹기 위해서였다. 간혹 수박이나 참외를 건져 내는 운도 따랐다. 그 몇 해 전에 마을 청년들이 염소를 주운 것을 빼면 그만한 횡재도 없었다. 그런데 그해 나는 염소 따위는 댈 것도 아닌 큰 횡재를 하게 되었다. 소를, 그것도 숨이 붙어 있는 소를 줍게 된 것이다.

소를 가장 먼저 발견한 사람은 내가 아니었다. 정신이 좀 모자란 필구가 아랫도리를 빌빌 꼬면서 뭐라고 고래고래 소리를 질렀는데, 나는 또 무슨 지랄인가 싶어 무심코 그를 쳐다보았다. 필구는 그 모양대로 수양버들이 엉킨 강어귀에 손가락질을 해 댔다. 정확히 말하면 강 바위 너머였는데, 거기에서 음매 음매, 마치 영각하는* 소 울음소리가 들려왔다. 울음소리만 아니었다면 그 시뻘건 물에서 소를 분간해 내기도 힘들었을 것이다. 바위에 부딪쳐 튀는 흙탕물 속에서 소 머리가 얼핏 보였다. 동네 소 한 마리가 강으로 잘못 든 게 분명하였다.

아이들이 멍청히 보고 있는 동안에 나는 물로 뛰어들었다. 어린 마음에도 소 주인에게 보상을 좀 받겠다는 계산속이 빠르게 굴렀다. 죽을 동 살 동 바위에 닿아 바위 모서리를 잡고 돌아들자, 소는 엉덩이를 주저앉힌 꼴로 버둥거리고 있었다. 나는 소 머리께로 돌아가 굴레를 틀어쥐었다. 소는 머리를 되게 내저었다. 고삐를 찾아 쥐고 당겨도 소는 한 발짝도 움직이려 들지 않았다. 나는 고삐 줄을 바투 쥐고 물속으로 들어 소

• 영각하다 소가 길게 울다.

의 발께를 더듬어 나갔다. 머잖아 뒷발 하나가 바위틈에 단단히 박힌 것을 손끝으로 확인할 수 있었다. 나는 강가에 대고 소리쳤다.

"소말뚝 하나 던져 주라!"

그러나 그 장마철에 소를 들판에 내놓는 집이 없었기 때문에 소말뚝이 있을 리 없었다. 별수 없이 나는 아이들이 던져 준 몽둥이를 바위틈에 밀어 넣었다. 몽둥이가 소 발 아래에 야무지게 자리를 틀자 나는 지렛대로 관을 뜨듯 몽둥이를 내리눌렀다. 소는 꿈쩍도 하지 않았다. 아이들이 도와줄 요량으로 옷을 벗는 모습이 보였다.

"야, 들어오지 마!"

나는 아이들을 향해 소리쳤다.

"한 놈이라도 오기만 해 봐. 물 송장을 맹글어 불 거여. 절대루!"

나의 엄포에 아이들은 주춤주춤 그 자리에 섰다.

더욱 다급해진 나는 아예 몽둥이 끝에 몸을 싣고 발을 구르기 시작했다. 그렇게 발을 구르는 한편으로 소한테도 힘 좀 쓰라고 엉덩이를 철썩 때려 대길 몇 번이나 했을까. 어느 순간 딛고 선 몽둥이가 맥없이 주저앉으며 소가 거꾸러지듯 물속으로 머리를 처박았다. 나 역시 균형을 잃고 물속에 잠방 빠지고 말았는데, 허우적거리며 고개를 드니 아이들의 환호성이 들려왔다. 그 겨를에도 나는 손에 그러쥔 고삐만은 놓치지 않고 있었다.

강가로 끌어내 놓고 보니 소는 암컷인 데다가 이미 코뚜레*도 해 넣은 중소가 좀 넘는 놈이었다. 바위틈에 끼인 뒷발은 한 뼘쯤 가죽이 벗겨져 벌겋게 살이 드러나 있었는데 피가 약간 배어 나올 뿐 뼈가 상한 것 같지는 않았다. 고삐를 끌고 걸음을 걸리자 놈은 뒤뚱거리며 문제없이 걸었다.

"누네 집 소 맹이냐?"

나는 숨을 헐떡이며 아이들에게 물었다.

"우리 동네 소는 아닌 것 맹인디."

오쟁이가 대답했다. 나는 다른 아이들의 얼굴도 둘러보았다. 다들 동네 소가 아니라고 한결같이 고개를 저었다. 내가 봐도 그건 틀림없는 사실이었다. 열댓 마리도 안 되는 동네 소라면 우리는 그 워낭* 소리만 가지고도 알아낼 수 있었다. 그만 나는 낙심이 되어 고삐를 땅바닥에 내던졌다.

"인자 어쩔래?"

하고 오쟁이가 물었을 때 나는 너무 허망하여 쭈그려 앉아 있었다. 보아하니 오쟁이 놈은 쌤통이라는 표정을 감추지 않고 있었다.

나는 대꾸하지 않고 고삐를 다시 낚아채듯 집어 들고 소 잔등을 갈겼다. 나는 동네를 향해 방죽* 길로 소를 몰았다. 아이들이 서너 발짝 떨어져서 주춤주춤 뒤를 따랐다. 어느새 우리

* 코뚜레 소의 코청을 꿰뚫어 끼는 나무 고리.
* 워낭 마소의 귀에서 턱 밑으로 늘여 단 방울.
* 방죽 물이 밀려들어 오는 것을 막기 위해 쌓은 둑.

사이에는 견디기 힘든 침묵이 흐르고 있었다. 나는 문득 걸음을 멈췄다.

"느그도 봤제만 나가 분맹이 줏은 소여."

해 놓고 아이들의 표정을 살피자니 이것 봐라, 녀석들은 가타부타 아무 대꾸가 없는 것이다.

"필구, 봤어, 안 봤어?"

나는 물정 모르는 필구만 다그쳤다. 필구는 예의 그 바보 같은 표정으로 연신 벙싯거리며 "바쩌 바쩌." 했다. 그러더니 두 손을 하늘로 번쩍 치켜들고 소리치는 것이었다.

"동맹이가 소를 줏었다아! 동맹이가 줏었다아!"

되게 시끄러워졌다. 더 말할 필요도 없다는 듯 나는 돌아서서 소 잔등을 갈겼다. 워낭 소리가 댕그랑댕그랑 경쾌했다.

"낼이라도 당장에 주인이 찾으러 올걸."

뒤를 따르던 오쟁이가 들릴락 말락 중얼거리는 소리로 말했다. 어느덧 우리는 감은돌이재에 이르러 있었다. 저녁 짓는 연기와 마당마다 놓은 모깃불 연기에 덮여 잠잠해진 마을이 보였다. 나는 허리에 팔을 척 걸치고 오쟁이를 향해 돌아섰다.

"니 차미랑 수박 찾으러 온 사람 봤어?"

"아니."

"세숫대야랑 양푼이랑 찾으러 오는 사람 있디?"

"아니."

점점 목소리가 꺼져 가는 오쟁이를 나는 몰아붙였다.

"그람 앞 전에 염생이 주인이라고 누가 나서디?"

오쟁이 녀석은 결국 입을 닫고 희미하게 도리질만 했다.

"그람 인자 줏은 사람이 임자여. 알었어?"

내 말이 끝나기 무섭게 오쟁이 옆에 선 진칠이가 끼어들었다.

"그래도 소인디?"

다음은 상구였다.

"저 웃동네에서 주인이 쎄가 빠지게 찾고 있을 거여."

"하믄. 갈문리 소인 중도 몰르고, 그 너미 문대미 소인 중도 몰르고……."

명철이었다.

그만 안 되겠다 싶어 나는 고삐를 나무둥치에 걸어 매었다. 그리고 아이들 어깨를 툭툭 쳐서 다들 강을 향해 서게 했다. 강은 산과 들을 가르며 굽이굽이 뻗어 가다가 우중충한 대기 속으로 자취를 감추고 있었다. 맑은 날 보아서 알지만 그 흐릿한 대기 너머에는 더 높은 산들이 첩첩이 어깨를 겯고 까마득할 거였다.

"갈문리, 문대미 우에 또 뭔 동네 있어?"

나는 명철이에게 따져 물었다.

"고옥하고 문꾸지제."

이번에 나는 상구를 바라보며 물었다.

"고옥하고 문꾸지 담은 으디여?"

"비석금."

"그담은?"

"축도."

우리들의 시야에는 더 이상 마을이 보이지 않았다. 물론 강, 들, 산도 그 우중충한 대기 속으로 가뭇없이* 스며들고 없었다.

"똑똑한 오쟁이 너, 그담 동네는 으디랴?"

"추실일랑가?"

"가 봤어?"

"아니. 근디 우리 아부지가 거그 추실장에서 소를 사 왔디야."

"글믄 그다음 동네는 으디여?"

"몰러."

오쟁이는 머리를 저었다. 상구도 진칠이도 명철이도 시무룩해져서 머리를 저었다.

"가 보도 안 한 것덜이, 씨! 저 강 우로 동네가 을매나 쌔 불었는지덜 알어? 저 소 터럭만치는 될 거구만."

나는 돌아서서 다시 소고삐를 풀었다.

마을에 들어서자 필구가 앞서 달려가며 골목에다 대고 소리쳤다.

"동맹이가 줏었다! 동맹이가 줏었다!"

필구한테 어지간히 길들여진 마을 사람들은 아무도 내다보지 않았다. 나는 차라리 다행이라고 생각했다. 괜히 소문이 퍼지면 주인이 나타날지도 모르는 일이었다. 계속 필구가 그 짓거리를 하며 앞에서 얼쩡거리자 나는 돌멩이를 집어 던졌다.

* 가뭇없다 보이던 것이 전혀 보이지 않아 찾을 곳이 감감하다.

"야, 필구야! 느그 어메가 밥 묵으라고 부른다. 얼릉 가서 밥 묵어!"

필구는 이제 "밥 묵자."는 소리를 내지르며 제집으로 달려 갔다.

나는 고개를 뻣뻣이 들고 소를 몰았다. 진창˚이 가로막아도 나는 첨벙거리며 지나갔다. 골목이 깊어지자 아이들도 하나둘 씩 떨어져 나갔다. 집 앞에 이르러 나는 잠시 멈춰 섰다. 어머니와 아버지, 그리고 형의 얼굴을 떠올리자 비로소 소를 주웠다는 사실이 실감 났다. 나는 소코뚜레를 잡고 사립문 앞에 서서 "엄마!" 하고 불렀다.

방문이 열리고 어머니의 얼굴이 보이기 전에 목소리부터 마중을 나왔다.

"밥때 되믄 기들어 와야제 으디를 싸돌아댕기다가……."

밥숟갈을 든 어머니는 말하다 말고,

"누네 소를 몰고 댕긴디야? 벨일이시, 니가 넘 소 풀을 다 멕이고."

했다.

"시방 이 소가 나가 주워 갖고 오는 소여!"

나는 소리 높여 말했다. 절로 입이 벙글어지며 눈물이 막 나오려고 했다. 문 너머로 아버지가 얼굴을 내밀었다.

"저노므 새끼가 뭣이라고 해 싼가?"

˚ 진창 땅이 질어서 질퍽질퍽하게 된 곳.

"소를 주워 왔다고 안 하요."

어머니와 아버지가 말을 주고받았다.

"뭣이여? 소를……."

아버지는 툇마루로 나왔다. 나는 아버지에게 말했다.

"나가 소를 줏었당께."

나는 소를 마당으로 끌어 넣었다.

"닝장, 으떤 얼개미 겉은 작자가 소를 대구 내돌렸디야?"

아버지의 반응이 의외로 시큰둥하자 나는 안달이 나서 주절거렸다.

"옥강이서 줏었당께요. 다 죽어 가는 걸 나가 생똥을 싼시롬 건져 내 부렀어요. 인자 요것은 우리 것이에요."

나도 모르게 말투마저 바뀌어 괜히 간지러워졌다. 아버지는 내 젖은 몰골을 훑어보고 이내 고무신을 꿰고 마당으로 내려섰다. 소를 요리조리 둘러보더니 내 손에서 고삐를 빼앗아 들고 감나무 밑으로 갔다. 감나무에 소를 매어 놓고 다시 다가온 아버지는 내 몸을 사립문으로 돌려세웠다.

"으딘지 가 보자."

"차암, 아부지는……. 옥강에서 줏었당께."

"긍께 말이여. 싸게 앞장서!"

나는 아버지에게 질질 끌려가다시피 감은돌이재를 넘고 옥강 둑으로 갔다. 이미 강에는 어둠이 질펀하게 내리고 있었다. 먼 마을에서 불빛이 가물가물 돋아나 있었다. 소를 건져 낸 강 둑에 이르러 나는 아버지에게 비교적 자세하게 설명했다. 내가 얼마나 위태롭게 소를 건져 냈는지 조금 과장하여 말하는 것도 잊지 않았다. 그런데 내 말이 끝나기가 무섭게 아버지는 내 뒤통수를 냅다 내질렀다.

"이놈의 새끼! 내가 그렇게 함부로 물에 기들라고 가르치든? 응? 목심을 왜 고렇게 조심성 없이 헛치고 다니냔 말여. 이 에미 애비를 튀겨 묵을 놈아!"

아버지는 몇 번을 더 그렇게 쥐어박았다.

"어여 집으로 가!"

보통 손때가 매운 게 아니었다. 아버지는 칭얼칭얼 우는 나를 닦아세우고˙ 다시 마을로 향했다. 내가 운 것은 아버지의 손찌검 때문이라기보다 내 심정을 몰라준다는 서러움 때문이었다. 나는 호박 덩어리를 건져 낸 것이 아니라 소를 주운 것이다. 그런데도 이 가난하고 불쌍한 우리 아버지는 자기 집에 무슨 일이 일어났는지 깜깜했던 것이다.

아버지의 그 미적지근한 태도는 이튿날 아침 나를 더욱 망연자실하게 했다. 잠든 밤 동안 아버지가 소 다리의 상처에 석유를 뿌리고 천까지 싸매 준 것은 좋았는데, 우리 형제가 가방을 메고 집을 나설 때는 뜬금없이 소를 몰고 나란히 나서는 거였다.

"소를 거기다 도로 몰아다 놀 거여. 그람 주인이 찾어가겄제."

아버지는 그 말만 내놓고는 더 이상 입을 열지 않았다. 나는

˙닦아세우다 꼼짝 못 하게 휘몰아 나무라다.

시무룩해져서 동구 밖 갈림길에서 아버지와 헤어졌다.

하루 내내 소 생각만 하다가 학교를 파하자마자 나는 곧장 강둑으로 달려갔다. 소는 방죽에 배를 깔고 앉아 있었다. 소가 눈에 들어오자 나는 그만 눈물이 핑 돌았다. 나는 소말뚝에서 고삐를 풀어 소에게 풀을 뜯겼다.

해가 지고 어둑어둑해졌는데도 나는 집으로 돌아갈 생각을 하지 않았다. 이슬 내리는 강둑에 소만 남겨 놓고 돌아갈 순 없었다. 집에 돌아갈 일도 걱정이었다. 될 대로 되라는 심정으로 소와 함께 방죽에 앉아 있는데 형이 찾으러 왔다.

"인마, 니 아부지한테 죽었다. 아부지가 너 여그 가 있는 중 다 안단 말여."

"안 가!"

나는 소고삐를 그러쥐었다. 형은 풀밭에서 내 가방을 들어 어깨에 둘러멨다.

"바보 새끼, 니가 그란다고 우리 것 될 중 아냐? 아부지가 지서에 신고를 해 놨응께 주인이 금방 찾으러 올 거라고."

"뭐여, 신고를 했어? 바보 천치여! 아부지는 바보 천치랑께!"

"어여 일어나! 저녁밥 채려 났단 말여. 니도 없는디 밥숟갈 들었다가 아부지한테 도둑놈의 새끼라는 말 들었단 말여. 나도 니 땜이 성가셔 죽겄다. 숙제도 많구만."

"행님아, 주인이 안 나타나믄 어찧게 되냐? 니 공부 잘한께 알제?"

"그러믄야 줏은 사람 차지겠제."

"참말로?"

"근디 누가 소 잃고 가만있겄냐? 폴쎄 마이크로 사방에 다 알렸을 건디."

나는 풀이 죽어 일어났다. 형 어깨에서 가방을 벗겨 들고 나는 터벅터벅 집을 향해 걸었다. 한참 만에 나는 형한테 다짐을 받듯 재차 물었다.

"암튼 주인 안 나타나믄 저건 우리 소란 말이제?"

형은 쯧, 하고 혀를 차곤 그러나 더 말이 없었다.

집에 들자마자 아버지는 지겟작대기를 집어 들고 나를 닦아 세웠다.

"너 이놈의 새끼, 학교 파하면 집으로 핑 들어올 생각은 않고 으디서 자빠졌다가 인저 기들어 오는겨!"

아버지는 지겟작대기로 등에 짊어진 가방을 쿡 쑤시더니,

"니 숙제는 해 놓고 요라고 댕기는 거여? 대체 니는 어디서 까나온 자식이길래 그렇게 속만 썩이냐, 으이?"

하며 나를 지겟작대기 끝으로 콕 찔러 죽일 기세였다. 나는 마당 모깃불 옆에 주저앉아 입만 실룩거렸다. 왕겨*를 한 삼태기* 부어 놓은 모깃불에서는 불꽃이 발근발근 일어나고 있었다. 아버지는 생솔가지를 올릴 셈이었다가 내가 나타나자 잊어 먹

• 왕겨 벼의 겉껍질.
• 삼태기 흙이나 쓰레기, 거름 따위를 담아 나르는 데 쓰는 기구.

은 듯, 불자리 옆에 생솔가지가 수북했다. 눈물은 삐질삐질 나오는데 나는 소리를 내지 않았다. 그게 더 얄미웠는지 느닷없이 아버지가 어깨에서 가방을 낚아챘다.

"니눔은 천상 가르채 봤자 소용없고."

하곤 가방을 모깃불에 집어 던져 버리는 거였다. 나는 그만 땅바닥에 벌렁 드러누워 마당을 쓸며 울기 시작했다. 형이 후닥닥 달려가 모닥불에서 가방을 꺼내려고 하자 아버지가 버럭 호통을 쳤다.

"냅둬!"

형은 주춤주춤 물러섰다. 그러자 이빈에는 어머니가 달려들어 불에서 가방을 꺼냈다. 벌써 불이 붙어서 불덩어리 하나가 통째로 떨어져 나온 것 같았다.

"아이고메!"

어머니는 허겁지겁 부엌으로 달려가 바가지에 물을 떠다가 가방에 끼얹었다.

나는 밥도 안 먹고 가방을 챙겨 들고 방에 들었다. 눈물이 그치지 않았다. 방 안에선 잿내가 진동했다. 이미 책이며 공책은 비닐이 눌어붙고 타서 못 쓰게 돼 버렸다.

밤중에 아버지가 툇마루를 내려서는 기척이 들렸다. 그때를 맞춰 부러* 나는 마당으로 나가 모깃불에 가방을 집어 던져 버렸다. 아버지는 뒷간 앞 마당에서 뻐끔뻐끔 담배를 태우고 있

---

* 부러 실없이 거짓으로.

었다.

이튿날 나는 학교에 가지 않았다. 가방도 책도 없이 무슨 수로 간단 말인가? 지난 학년, 책을 반납하던 날 정례가 선생님한테 당하던 일을 생각하면 몸서리가 쳐졌다. 정례는 도덕 책을 반납 못 했는데 제 할아버지가 찢어서 잎담배를 말아 피워 버렸다고 한다. 선생님은 정례의 손등을 쇠자로 열 대나 때리고 하루 내내 손을 들고 서 있게 했다. 선생님을 생각만 해도 나는 겁이 나서 방바닥에 배를 깔고 누워 버렸다.

밥상머리에서 아무 말도 없던 아버지로 보아 분명 당신도 후회를 하고 있는 것 같았다. 나는 그런 아버지가 얄밉고 한편으론 쌤통이라는 생각이 들었다. 밤새 배를 곯았던 나는 아버지가 보란 듯 밥 한 그릇을 싹싹 비웠다.

"동맹아!"

그런데 아버지가 방문 너머로 날 불렀다.

"공부 안 가냐?"

나는 대답하지 않았다.

"그려. 니놈은 천상 공부헐 싹수는 못 되는 거 같응께 농새나 배와야제. 니 성 하나 공부시키재도 이 애비는 쎗바닥이 빠진다."

그래 놓고 아버지는 벌컥 문을 열었다.

"아, 뭣 혀? 콩 뽑으러 가야제."

콩밭에 앉아 콩을 뽑자니 삐질삐질 눈물이 났다. 구름은 재를 넘어 흘러갔다. 풀무치랑 메뚜기 같은 날벌레들이 장글장

글한* 햇볕 속을 날아다녔다. 불개미가 옷 속으로 기어들어 불알을 물고 늘어졌다. 나는 불알을 긁으며 기어이 흙 위에 퍼더버리고* 앉아 울음을 터뜨리고 말았다.

아버지는 점심을 먹인 후 나를 앞세우고 학교로 갔다. 선생님에게 정중하게 인사를 올린 후 아버지는 말했다.

"지난밤에 석유 등잔이 자빠져설랑 방을 옴싹 태와 불었어요. 그 바람에 야 책이 그만 못 쓰게 돼 불었는디 넓은 혜량*으로다가 선처* 부탁헙니다."

선생님은 내 머리를 쓰다듬었다. 선생님은 나를 직접 데리고 창고로 가서 일일이 책을 찾아 챙겨 주었다. 돌아오는 길에 아버지는 가방도 하나 새로 사 주고 공책이며 연필에, 아직 한 번도 가져 보지 못한 지남철*이 달린 필통까지 사 주는 거였다.

"소는 집으로 데레다 놀 거여. 주인이 찾아올 때까장만 집이서 키우는 거닝께 정 붙이지 말어라 잉?"

나는 씩 웃으며 고개를 끄덕였다.

그런데 그게 어디 말처럼 되는 일인가? 아침저녁으로 나는 꼴을 베어 나르고, 오후에는 소를 몰아 풀을 뜯겼다. 아버지는 그런 내 행동을 못마땅해했다.

"행, 그걸 두고 소 궁둥이에 꼴 던지는 격이라고 하는겨. 이

• 장글장글하다 내리비치는 햇볕이 살을 지질 듯이 따끈따끈하다.
• 퍼더버리다 팔다리를 아무렇게나 편하게 뻗다.
• 혜량 남이 헤아려 살펴서 이해함을 높여 이르는 말.
• 선처 형편에 따라 잘 처리함.
• 지남철 자석.

런 염병할, 소가 널 주인으로 뫼실 성싶으냐?"

하지만 근 한 달이 지났는데도 주인은 나타나지 않았다. 소는 점차 기력을 회복해 제법 살이 오르기 시작했다. 그러는 동안에 아버지의 매운 눈은 퍽 부드러워지고 가끔 당신이 직접 고구마 줄기를 뜯어다가 지게로 부려 놓는 일도 생겼다.

"내불기 아까워서 소나 믹이는 거여."

나는 매일 이부자리 속에서 제발 주인이 나타나지 않게 해 달라고 기도를 드렸다. 조마조마한 마음이 늘 가시지 않았던 것이다.

어느 날 저녁 무렵에 소를 몰고 들어가 감나무 아래 묶으려고 하자, 아버지는 그동안 비워 두었던 외양간 문을 열었다.

"어디 온 집 안에 내금새[•]가 진동하고 퍼리가 끓어서 쓰겄냐?"

외양간으로 소를 몰아넣는 나에게 아버지는 그렇게 말했다.

소를 기르게 된 지 두어 달이나 지났을까, 갑자기 소가 풀도 잘 안 뜯고 울어 대기만 했다. 그 좋아하던 수숫대도 발밑으로 깔아 버렸다. 멀리 하늘을 바라보는 큰 눈이 퍽이나 슬퍼 보이기까지 했다. 나는 이놈이 제집이 그리워서 그러는 것만 같았다. 그래서 애처롭기도 하고 섭섭해 나는 곧잘 놈의 배때기를 걷어찼다.

아버지는 소꼬리를 들어 보고 내려놓고 또 들어 보고 하더

• 내금새 '냄새'의 사투리.

니, 그날 밥상머리에서 말했다.

"소가 불을 낸* 모냥이여."

그리고 그날 오후에는 옆 마을에서 수놈을 데려왔다. 안으로 휘어진 뿔이 날카롭고 주둥이가 검은 우걱뿔이*였다. 몸집도 우리 소보다 두 배는 족히 커 보였다.

"첫배요?"

우걱뿔이 주인이 물었다. 아버지가 고개를 끄덕였다.

오쟁이네 아버지도 나타나 걱정스럽다는 듯 혀를 찼다.

"소한테 덜컥 짝부텀 맺어 주믄 어짠디야."

"아, 이 짐생이 서방 호적에 올려놓고 사는 짐생이여?"

아버지는 발끈했다.

"아니, 어쩧게 될 중도 모르는 소라 내 하는 말이시."

"걱정 말어. 주인이 갈래* 붙인 돈까지 토해 내겄제. 그란다고 불두덩이 뻘건 걸 기냥 냅둬."

아버지는 마을 뒷산의 Y 자로 줄기가 자란 소나무에 암소 머리를 집어넣고 고삐를 친친 감았다. 동네 소는 대부분 그곳에서 암구었기* 때문에 우리 아이들은 그 소나무를 '소뺙나무'라고 불렀다. 우걱뿔이 주인이 수놈을 몰아오자 우리 암소는 길게 울음을 토했다. 우걱뿔이도 펄쩍 뛰더니 더 우렁찬 소리로

• 불을 내다 '발정을 하다'는 뜻임. '발정'은 동물의 암컷이 성호르몬에 의하여 성적 충동을 일으킴을 말한다.
• 우걱뿔이 뿔이 안으로 굽은 소.
• 갈래 흘레. 교미.
• 암구다 교미를 붙이다.

울었다. 놈은 이내 입에 거품을 물었다. 우걱뿔이는 무지막지하게 우리 소의 등을 타고 내리눌렀다. 빨갛고 기다란 양물˙이 허공에서 덜렁거리자 소 주인이 손으로 잡아 길을 찾아 주는 광경을 나는 심각한 표정으로 지켜보았다. 아버지는 자꾸만 내게 물심부름을 시켰는데 나는 한달음에 그 일을 해치웠기 때문에 우리 소가 시집가는 광경을 거의 놓치지 않고 볼 수 있었다.

일이 끝났을 때 나는 아버지에게 물었다.

"그람 우리 소도 인자 시양치를 밴 거여?"

"그려. 첫배라 널도 한 번 더 시킬 거여."

"달력에 똥구래미를 쳐 놓까?"

"그려."

"열 달 뒤에다가도 쳐 놀께잉."

"내년 달력이 있냐?"

그래도 나는 신이 났다. 가만히 기색을 살피자니 아버지도 여간 즐거운 낯이 아니었다. 나는 아버지가 이제 소를 우리 집 소로 기정사실화했다고 생각되자 그것이 더없이 기뻤다.

아버지는 슬금슬금 내 자리를 차지하고 들어왔다. 아침마다 쇠꼴 베라고 불러 깨우지를 않나, 소를 풀도 안 좋은 방죽으로만 몰고 다닌다고 역정을 냈다. 아침저녁으로 여물을 쑤는 것은 말할 것도 없고 읍내에서 복합 사료도 져 날랐다. 두 달 전

• 양물 음경.

보다 나는 맥이 많이 빠져 있었다.

하루는 학교에서 돌아오자 마당에 큰 썰매 같은 게 널브러져 있었다. 그것은 쟁기질 뒤 마른써레질˚에 쓰는 끄슬쿠라는 농기구였다. 그 위에 맷돌이 올라가 있어서 나는 의아하게 생각했다.

"아부지, 저게 뭐여?"

"이, 너도 이따가 으디 가지 말고 저기 올라타라. 소 쟁기질 연습시킬 거여."

아버지는 끄슬쿠에서 써레발을 모두 뽑아내고 소 뒤에다가 쟁기처럼 달았다. 그로부터 한 닷새를 아버지는 온 동네 골목에 흙먼지를 일으키며 소를 몰아 돌았다. 물론 나도 그 흙 썰매 같은 끄슬쿠 위에 타야 했다.

"이랴, 쩌 쩌, 이랴, 쩌 쩌……"

날이 갈수록 아버지는 끄슬쿠를 무겁게 했다. 나흘째에는 동네 아이들까지 태웠다. 오쟁이가 저희 집 앞에서 뾰로통하게 서 있는 모습은 참 쌤통이었다.

그럭저럭 석 달이 지난 무렵이었다. 하루는 학교에서 돌아와 보니 소가 간 곳이 없었다. 아버지도 보이지 않았다. 어머니만 툇마루에 앉아 한숨을 폭 쉬는 게 예감이 심상치 않았다.

"소 주인이 나타났단 말다."

어머니는 또 한숨이었다.

˚ 마른써레질 마른갈이를 한 다음 물을 대지 않고 써레로 흙덩이를 부수면서 땅을 고르는 일.

"올라믄 진작 오지 인자사 올 건 뭐라냐."

어머니는 뛰쳐나가려는 내 손을 끌어 잡았다. 나는 칭얼칭얼 울기 시작했다.

"울지 마라. 원래 그러자고 들인 소 아니었냐?"

그래 놓고 어머니는 또 한숨이었다. 아버지는 손수 고삐를 잡고 주인과 함께 고개 너머 경찰서로 넘어갔다고 했다. 나는 눈을 썩썩 문지르고 말했다.

"그람 아부지가 소를 다시 찾아올랑갑네이?"

"뭔 수로 고걸 다시 데려오겠냐."

"또 모르제. 그간 길러 줘서 고맙다고 주인이 싸게 팔지도."

나는 그 긴 오후 한나절을 막연한 기대를 품은 채 아버지를 기다렸다. 혹시 쇠꼴을 베어다 놓으면 그게 무슨 주술이 되어 소가 다시 돌아올 것만 같아 나는 두 망태나 꼴을 걷어다가 놓았다. 점심 전에 나갔다는 아버지는 해거름 녘이 되어도 나타나지 않았다.

저녁 무렵에 아버지는 오쟁이 아버지와 함께 집으로 들어왔다. 빈손이었다.

"어떻게 됐다요?"

어머니가 물었다. 아버지는 한숨이었고 오쟁이 아버지가 대신 대답했다.

"일단 주인이 데려갔소."

그래 놓고 그는 아버지를 향해 덧붙였다.

"나 말대로 하란 말이시. 이참에 좀 세게 나가서 섭섭지 않

게 뽑아내란 말여. 아까 순경도 안 글등가? 그간 수고한 건 저
저금˚ 알아서들 허라고. 그거이 뭔 소리겄어? 사정이 이만저만
됐응께 소 주인이 정상을 참작해라, 그 소리제."

"거기도 영 불량한 사람은 아니더네. 그러지 말고 자네 여윳
돈 좀 돌리세."

"나가 뭔 여윳돈이 있당가?"

"콩이랑 보리 매상한˚ 것 좀 있잖여?"

"그거이 을매나 된다고?"

"아순 대로 이것저것 좀 보태믄 흥정이라도 너 볼 수 있잖
여."

"흥정? 와따매, 아까부터 자꼬 그 소린디 누가 빚내서 시양
치도 아니고 다 큰 소를 사겄다믄 안 웃겄어?"

"다른 말 말고 좀 돌리세. 나가 널은 직접 찾아 댕겨오겄다
니께."

이튿날 아침 나는 학교에 가다 말고 동구 밖에서 걸음을 멈
추었다. 밤부터 나는 작심을 하고 있었다.

"너 시방 왜 그려?"

형이 몸을 틀고 물었다.

"나 소 찾으러 갈 거여."

"뭐?"

˚ 저저금 제각기.
˚ 매상하다 물건을 팔다.

"아부지 따러 소 찾으러 간당께."

"니까짓 거이 가서 뭘 어쩌겠다고?"

"소 돌레주라고 할 거여. 그래도 안 되믄 외양간에 둔너불제."

"칫, 느자구* 없는 소리 하고 자빠졌네. 얼렁 가야."

형이 몸을 돌렸다. 나는 한 걸음 물러났다.

"소 찾으믄 행님 니도 고등학교를 광주로 갈 수 있어."

"그래서 시방 학교 안 가겠다고? 아부지가 가만있겠냐?"

그래 놓고 형은 걸어갔다. 별수 없이 내가 뒤따라올 줄 알던 모양이다.

"행님아, 나는 숙제럴 안 해서 가재도 갈 수가 없다."

형은 뒤도 돌아보지 않고 저만치 멀어졌다.

나는 팽나무 뒤로 물러나 아버지를 기다렸다. 머잖아 장 나가는 차림새로 옷을 차려입은 아버지가 마을 길을 걸어 나오는 게 보였다. 겨드랑이에 낀 노란 종이 꾸러미는 돈이 틀림없었다. 내가 팽나무 뒤에서 쭈뼛쭈뼛 나오자 아버지는 기가 막힌 얼굴로 빤히 쳐다보았다. 나는 가야 할 길로 몸을 돌리고 섰다. 뒤에서는 어떤 기척도 없었다. 아버지는 아무 말 없이 앞서 걸어갔다.

우리는 고갯마루에서 버스를 기다렸다.

"아부지, 동네가 어디래요?"

• 느자구 '싹수'의 사투리.

"왜, 말하믄 니가 다 알겄냐? 문대미랴."

아버지는 아무렇지도 않게 대답했다. 이제 나는 힘이 나서
까불었다.

"버스를 타긴 타야겄네이."

문대미에서 버스를 내린 아버지와 나는 장터를 지나고 큰 동
네를 두 군데나 물리면서 강을 거슬러 올라갔다. 그곳 강은 우
리 마을 강보다 폭이 좁았지만 물은 더 맑았다. 그동안 아버지
는 서너 번이나 사람을 붙잡고 길을 물었다.

작은 마을이 나왔고, 아버지는 점방˚에 들어 거북선˚ 한 보루
를 샀다. 주인 여자는 길로 나와 들판을 가리켰다. 들판 멀리
강둑 아래로 삼나무 뒤뜰이 어두운 민가가 보였다. 아버지는
꾸러미와 함께 담배 보루를 포개서 겨드랑이 깊숙이 찔러 넣
었다.

집 곁을 지나자니 사철나무 울 너머로 타작 소리가 들려왔
다. 우리는 잠시 멈춰 서서 집 안을 들여다보았다. 마당에 안
주인이 앉아 늦콩˚을 털고 있었다. 텔레비전 안테나도 안 보이
는 게 우리 집하고 다를 게 없이 작고 추레한˚ 집이었다.

대문 밖 감나무 밑에서 아버지가 말했다.

"니는 여기서 기둘려이."

• 점방 가게로 쓰는 방.
• 거북선 1970~80년대 판매되던 담배 이름.
• 늦콩 제철보다 늦게 여무는 콩.
• 추레하다 겉모양이 깨끗하지 못하고 생기가 없다.

아버지는 대문도 없는 마당으로 들어갔다. 나는 감나무 그늘에서 고개를 기웃이 내밀고 집 안을 훔쳐보았다. 행랑채에는 외양간이 딸려 있었지만 비어 있었다. 자연히 나는 집 주변을, 그러니까 들판이라든가 강둑을 살펴보았다. 강둑에 염소 몇 마리는 보였어도 소 같은 건 보이지 않았다. 아버지를 툇마루로 안내해 앉힌 그 집 안댁이 냉수를 한 그릇 내다가 아버지에게 건넸다.

그녀는 바깥양반이 나무를 싣고 바닷가로 갔다고 했다.

"김 양식장에 말목[•]을 한 사날 달구지로 내다 주고 있는디 점심은 자세야 올 건디요."

"그 소가 달구지를 다 끈다요?"

아버지가 외양간을 건너다보며 놀란 눈으로 물었다. 좀 섭섭한 눈빛이었다.

"글찮애도 애 아부지가 을매나 아즘찮아하는지,[•] 원. 소가 똑 우리 소 같지 않게 실해졌어라. 내일 새나 일머리가 든다고 한번 인사하러 댕게오겄다고 허기는 허든만요."

아주머니가 아버지에게 한 번 더 굽실했고, 아버지는 큼큼 헛기침을 했다.

"내일 일머리가 든다고요? 그람 모레 새나 다시 한 번 올랍니다."

• 말목 가늘게 다듬어 깎아서 무슨 표가 되도록 박는 나무 말뚝.
• 아즘찮아하다 '고마워하다'의 사투리.

아버지는 말도 못 꺼내 보고 그냥 일어서는 눈치였다. 마당으로 내려서던 아버지는 잊었다는 듯 아주머니에게 담배 보루를 내밀었다.

"외려 우리가 슨사를 해도 해야 하는디……."

아주머니는 황송한 듯 불편한 듯 담배 보루를 받아 들었다. 내가 툭 불거져 나가 아버지 곁에 서자 안댁이 깜짝 놀라며 말했다.

"으매, 아들이 와 있었는갑네. 들어오제야?"

"야가 소 좀 보겠다고 핵교도 안 가고 요래 삐득삐득 따러 안 오요."

"오매, 그랑게 니가 갱에서 소를 건진 갸구나? 영 실겁게* 생겼네이."

안댁이 내 머리를 쓰다듬었다.

"소한테 정 주지 말라고 그래 댔는디도 작것이 고만 정을 줘 갖고 밤낮 밥도 안 처묵고 울기만 해 싸요."

그렇게 말한 아버지는 정말 짠하고 속상한 눈빛으로 나를 바라보았다. 그러자 갑자기 나는 눈물이 찔찔 나기 시작했다. 나는 점점 콧물까지 삼키며 서럽게 울어 버렸다. 나도 모를 일이었다. 안댁이 어쩔 줄 몰라 했다.

"허허, 넘 부담시럽게……. 뚝 못 그치냐?"

아버지는 꺼칠한 손바닥으로 내 낯을 훔쳤다. 안댁이 집 안

---

* 실겁다 '슬겁다'의 사투리. 마음씨가 너그럽고 미덥다.

으로 뛰어 들어갔다가 돌아와 내 손에 뭔가를 덥석 쥐여 주었다. 천 원짜리 한 장이었다.

"공책 사서 써라 잉."

"아따, 뭘 이런 걸 주고 그란다요, 애 버릇 나빠지게."

아버지와 나는 마을을 걸어 나왔다. 장터에서 아버지는 자장면을 사 주었다.

이틀 뒤 나는 수업이 끝나자마자 집으로 달려갔다. 아버지는 돌아와 있지 않았다.

"점심 자시고 가셨는디 금방 오겄냐?"

어머니가 찐 고구마를 내놓으며 말했다.

"소 꼭 사 온다고 했제?"

"그랄라고 갔다만……. 오쟁이 아부지가 따러나섰응께 잘 안 되겄냐? 그 양반이 그래도 홍정 붙이는 디는 느그 아부지보다 난께."

해가 설핏 기울고 형이 돌아왔는데도 아버지는 돌아오지 않았다. 나는 형과 함께 동구 밖까지 서너 차례나 들락날락했다.

"하긴 버스에 못 태운께 소를 걸켜 오자면 늦을 거네 잉?"

위안이나 삼자고 나는 네댓 차례도 넘게 같은 말을 반복했다. 어머니가 저녁상을 밀어 주었지만 우리는 뜨는 둥 마는 둥 했다.

아버지가 돌아온 것은 달빛이 훤할 때였다.

술에 취해 비틀거리며 사립문을 들어서는 아버지를 보며 우선 나는 소고삐가 들렸는지 살펴보았다. 그러나 달빛 아래 선

아버지는 맨손이었다. 아니다. 손에는 예의 그 종이 꾸러미가 달랑달랑 매달려 있었다. 아버지는 종이 꾸러미를 땅바닥에 내던지고 감나무 밑으로 걸어가 통나무처럼 털썩 주저앉았다.

나는 얼른 종이 꾸러미부터 풀어 헤쳤다. 돈 꾸러미를 확인해야 현실을 받아들이겠다는 조급함 때문이었다. 하지만 종이 꾸러미에서는 차갑고 물컹한 고깃덩어리가 나왔다.

"위매, 소를 잡어 부렀는갑다, 씨!"

나는 나도 모르게 그렇게 소리쳤는데, 형이 대뜸 내 뒤통수를 콕 쥐어박았다. 아버지가 꺽꺽 울고 있었던 것이다.

"그 집구석도 한심하더란 말이지. 그 소가 단매소*라 그거 없으믄 농새고 뭐고 못 묵고 산디야. 위매!"

아버지의 우는 모습을 본 것은 그때가 처음이었다.

뒷날 가출한 형이 송아지 한 마리를 몰고 나타났을 때 아버지는 그 송아지를 하룻밤 동안 대문 밖에 세워 두고 들이지 않았다. 당시 고등학교 3학년생이던 형은 사귀던 여자가 임신을 했다는 소식을 듣고 무작정 가출을 했다. 수술비를 마련한답시고 서울로 올라간 것인데 두 달 동안 가리봉동 사출 공장*에서 삼십만 원을 모아 내려와 보니 그 여자가 새빨간 거짓말을 했다더란다. 집에 들어오기도 면목이 없던 형은 그 돈으로 송아지 한 마리를 사 온 것이다. 소가 똥금*이던 시절이었다.

• 단매소 단 한 마리의 소.
• 사출 공장 원료를 녹여서 틀에 부어 제품을 만드는 공장.
• 똥금 똥값.

"워매, 내력 없는 손지가 하나 들어왔네. 내력 없는 소 손지
가……."

아버지는 며칠간 외양간 앞에서 그렇게 한탄했다.

아무튼 그 송아지가 자라 송아지를 낳고, 그 송아지가 또 송
아지를 낳아 지금은 얼추 네댓 대나 배가 갈린 암소가 외양간
을 지키고 있으며 아버지는 그놈 기르는 재미로 사신다.

"요놈의 짐생이 정을 안 줄래도 정이 안 들 수가 없는 짐생
이여. 하긴 우리 자석 놈들은 요놈이 다 갈챘응께. 난 심 하나
안 썼구만."

activity

1 이 소설에는 주워 온 소에 대한 '나'와 아버지의 생각이 다르게 나타난다. 이에 대해 아래와 같이 정리할 때, 빈칸에 들어갈 내용을 적어 보자.

'나'		아버지
소는 ( ) 사람이 주인임.		소는 ( )을 찾아 주어야 함.

2 소가 말을 할 수 있다면 동맹이와 헤어지면서 뭐라고 했을지 상상해 보자.

죽을 뻔했는데 구해 주고 잘 키워 줘서 고마워. 동맹아.

조금만 더 기다려. 너를 꼭 데려올 거야. 이제 넌 우리 가족이나 마찬가지야.

3 자신이 생각하는 「소를 줍다」의 최고의 한 장면을 그려 보고, 작품명과 작품에 대한 설명을 적어 보자.

최고의 한 장면 그리기	
작품명	
작품 설명	

4 소는 '나'와 아버지가 정성 들여 돌보는 소중한 존재이다. 나에게도 이 소설의 소와 같은 존재가 있으면 소개하고, 소중한 이유를 적어 보자.

● 내가 정성 들여 돌보는 소중한 것은?

● 소중한 이유는?

동백꽃

김유정

김유정

소설가. 1908년 강원도 춘천에서 태어났다. 연희전문학교 문과를 다니다 중퇴했다. 농촌 계몽 운동에 앞장서고 '구인회'에 가입하여 활발히 활동했으나 1937년 폐결핵으로 세상을 떠났다. 1933년 「산골 나그네」를 발표했고, 1935년 조선일보 신춘문예에 「소낙비」가 당선 되었다. 대표작으로 「만무방」「봄·봄」「동백꽃」「땡볕」 등이 있다.

읽기 전에 ∼∼∼∼∼∼∼

여러분은 누군가를 좋아해 본 경험이 있나요? 두근두근 설레는 마음을 상대에게 어떻게 표현했나요? 상대가 나의 마음을 몰라줄 때 여러분의 마음은 어떠했나요? 내 마음을 몰라주는 상대에게 좋아하는 마음을 짓궂게 표현하지는 않았나요? 여기 자신의 마음을 표현할 줄 몰라 애꿎은 닭들만 힘들게 하는 소년, 소녀가 있어요. 노란 동백꽃 속에 함께 파묻힌 둘의 이야기가 궁금하지 않으세요? 둘에게는 어떤 사연이 숨어 있는지 타임머신을 타고 1930년대로 함께 떠나 볼까요?

오늘도 또 우리 수탉이 막 쪼이었다. 내가 점심을 먹고 나무를 하러 갈 양으로 나올 때이었다. 산으로 올라서려니까 등 뒤에서 푸드덕푸드덕하고 닭의 횃소리˙가 야단이다. 깜짝 놀라며 고개를 돌려 보니 아니나 다르랴, 두 놈이 또 얼리었다.

점순네 수탉(은 대강이˙가 크고 똑 오소리같이 실팍하게˙ 생긴 놈)이 덩저리 작은 우리 수탉을 함부로 해내는˙ 것이다. 그것도 그냥 해내는 것이 아니라 푸드덕하고 면두˙를 쪼고 물러섰다가 좀 사이를 두고 또 푸드덕하고 모가지를 쪼았다. 이렇게 멋을 부려 가며 여지없이 닭아 놓는다. 그러면 이 못생긴 것은 쪼일 적마다 주둥이로 땅을 받으며 그 비명이 킥, 킥 할 뿐이다. 물론 미처 아물지도 않은 면두를 또 쪼이어 붉은 선혈은 뚝뚝 떨어진다.

이걸 가만히 내려다보자니 내 대강이가 터져서 피가 흐르는 것같이 두 눈에서 불이 버쩍 난다. 대뜸 지게막대기를 메고 달

˙ 횃소리 닭이 올라앉은 나무 막대 '홰'를 치는 소리.
˙ 대강이 '머리'를 속되게 이르는 말.
˙ 실팍하다 사람이나 물건 따위가 보기에 매우 실하다.
˙ 해내다 상대편을 여지없이 이겨 내다.
˙ 면두 '볏'의 사투리.

려들어 점순네 닭을 후려칠까 하다가 생각을 고쳐먹고 헛매질로 떼어만 놓았다.

이번에도 점순이가 쌈을 붙여 났을 것이다. 바짝바짝 내 기를 올리느라고 그랬음에 틀림없을 것이다.

고놈의 계집애가 요새로 들어서서 왜 나를 못 먹겠다고 고렇게 아르렁거리는지 모른다.

나흘 전 감자 쪼간*만 하더라도 나는 저에게 조금도 잘못한 것은 없다.

계집애가 나물을 캐러 가면 갔지 남 울타리 엮는 데 쌩이질*을 하는 것은 다 뭐냐. 그것도 발소리를 죽여 가지고 등 뒤로 살며시 와서

"애! 너 혼자만 일하니?"

하고 긴치 않은 수작을 하는 것이다.

어제까지도 저와 나는 이야기도 잘 않고 서로 만나도 본척만척하고 이렇게 점잖게 지내던 터이런만 오늘로 갑작스레 대견해졌음은 웬일인가. 항차 망아지만 한 계집애가 남 일하는 놈 보고…….

"그럼 혼자 하지 떼루 하디?"

내가 이렇게 내뱉은 소리를 하니까

"너 일하기 좋니?"

• 쪼간 어떤 사건.
• 쌩이질 한창 바쁠 때에 쓸데없는 일로 남을 귀찮게 구는 짓.

또는

"한여름이나 되거던 하지 벌써 울타리를 하니?"

잔소리를 두루 늘어놓다가 남이 들을까 봐 손으로 입을 틀어막고는 그 속에서 깔깔댄다. 별로 우스울 것도 없는데 날씨가 풀리더니 이놈의 계집애가 미쳤나 하고 의심하였다. 게다가 조금 뒤에는 즈 집께를 할금할금 돌아다보더니 행주치마*의 속으로 꼈던 바른손을 뽑아서 나의 턱 밑으로 불쑥 내미는 것이다. 언제 구웠는지 아직도 더운 김이 홱 끼치는 굵은 감자세 개가 손에 뿌듯이 쥐었다.

"느 집인 이거 없지?"

하고 생색 있는 큰소리를 하고는 제가 준 것을 남이 알면은 큰일 날 테니 여기서 얼른 먹어 버리란다. 그리고 또 하는 소리가

"너 봄 감자가 맛있단다."

"난 감자 안 먹는다, 니나 먹어라."

나는 고개도 돌리지 않고 일하던 손으로 그 감자를 도로 어깨 너머로 쑥 밀어 버렸다.

그랬더니 그래도 가는 기색이 없고, 뿐만 아니라 쌔근쌔근하고 심상치 않게 숨소리가 점점 거칠어진다. 이건 또 뭐야 싶어서 그때에야 비로소 돌아다보니 나는 참으로 놀랐다. 우리가 이 동리에 들어온 것은 근 삼 년째 되어 오지만 여지껏 가무잡잡한 점순이의 얼굴이 이렇게까지 홍당무처럼 새빨개진 법이

• 행주치마 부엌일을 할 때 옷을 더럽히지 않으려고 덧입는 작은 치마.

없었다. 게다 눈에 독을 올리고 한참 나를 요렇게 쏘아보더니 나중에는 눈물까지 어리는 것이 아니냐. 그리고 바구니를 다시 집어 들더니 이를 꼭 악물고는 엎더질 듯 자빠질 듯 논둑으로 횡허케 달아나는 것이다.

어쩌다 동리 어른이

"너 얼른 시집을 가야지?"

하고 웃으면

"염려 마서유. 갈 때 되면 어련히 갈라구!"

이렇게 천연덕스레 받는 점순이었다. 본시 부끄럼을 타는 계집애도 아니거니와 또한 분하다고 눈에 눈물을 보일 얼병이* 도 아니다. 분하면 차라리 나의 등어리를 바구니로 한 번 모질게 후려 쌔리고 달아날지언정.

그런데 고약한 그 꼴을 하고 가더니 그 뒤로는 나를 보면 잡아먹으려고 기를 복복 쓰는 것이다.

설혹 주는 감자를 안 받아먹은 것이 실례라 하면, 주면 그냥 주었지 "느 집엔 이거 없지?"는 다 뭐냐. 그렇잖아도 즈이는 마름*이고 우리는 그 손에서 배재*를 얻어 땅을 부치므로 일상 굽실거린다. 우리가 이 마을에 처음 들어와 집이 없어서 곤란으로 지낼 제 집터를 빌리고 그 위에 집을 또 짓도록 마련해 준 것도 점순네의 호의이었다. 그리고 우리 어머니 아버지도

• 얼병이 얼뜨기.
• 마름 지주를 대리하여 소작권을 관리하는 사람.
• 배재 마름과 소작인이 주고받는 소작권 위임 문서.

농사 때 양식이 달리면 점순네한테 가서 부지런히 꾸어다 먹으면서 인품 그런 집은 다시없으리라고 침이 마르도록 칭찬하고 하는 것이다. 그러면서도 열일곱씩이나 된 것들이 수군수군하고 붙어 다니면 동리의 소문이 사납다고 주의를 시켜 준 것도 또 어머니였다. 왜냐하면 내가 점순이하고 일을 저질렀다가는 점순네가 노할 것이고, 그러면 우리는 땅도 떨어지고 집도 내쫓기고 하지 않으면 안 되는 까닭이었다.

그런데 이놈의 계집애가 까닭 없이 기를 복복 쓰며 나를 말려 죽이려고 드는 것이다.

눈물을 흘리고 간 그담 날 저녁나절이었다. 나무를 한 짐 잔뜩 지고 산을 내려오려니까 어디서 닭이 죽는 소리를 친다. 이거 뉘 집에서 닭을 잡나 하고 점순네 울 뒤로 돌아오다가 나는 고만 두 눈이 뚱그랬다. 점순이가 즈 집 봉당*에 홀로 걸터앉았는데, 아 이게 치마 앞에다 우리 씨암탉을 꼭 붙들어 놓고는

"이놈의 닭! 죽어라, 죽어라."

요렇게 암팡스레* 패 주는 것이 아닌가. 그것도 대가리나 치면 모른다마는 아주 알도 못 낳으라고 그 볼기짝께를 주먹으로 콕콕 쥐어박는 것이다.

나는 눈에 쌍심지가 오르고 사지가 부르르 떨렸으나 사방을 한 번 휘돌아보고야 그제서 점순이 집에 아무도 없음을 알았

• 봉당 '토방'의 사투리. 방에 들어가는 문 앞에 좀 높이 편평하게 다진 흙바닥.
• 암팡스럽다 보기에 암팡지다. 몸은 작아도 야무지고 다부진 면이 있다.

다. 잡은 참 지게막대기를 들어 울타리의 중턱을 후려치며

"이놈의 계집애! 남의 닭 알 못 나라구 그러니?"

하고 소리를 빽 질렀다.

그러나 점순이는 조금도 놀라는 기색이 없고 그대로 의젓이 앉아서 제 닭 가지고 하듯이 또 죽어라, 죽어라 하고 패는 것이다. 이걸 보면 내가 산에서 내려올 때를 겨냥해 가지고 미리부터 닭을 잡아 가지고 있다가 네 보란 듯이 내 앞에 쥐지르고° 있음이 확실하다.

그러나 나는 그렇다고 남의 집에 뛰어 들어가 계집애하고 싸울 수도 없는 노릇이고 형편이 썩 불리함을 알았다. 그래 닭이 맞을 적마다 지게막대기로 울타리나 후려칠 수밖에 별도리가 없다. 왜냐하면 울타리를 치면 칠수록 울섶°이 물러앉으며 뼈대만 남기 때문이다. 하나 아무리 생각하여도 나만 밑지는 노릇이다.

"아, 이년아! 남의 닭 아주 죽일 터이냐?"

내가 도끼눈을 뜨고 다시 꽥 호령을 하니까 그제서야 울타리께로 쪼르르 오더니 울 밖에 섰는 나의 머리를 겨누고 닭을 내팽개친다.

"예이 더럽다! 더럽다!"

"더러운 걸 널더러 입때° 끼고 있으랬니? 망할 계집애 년 같

• 쥐지르다 주먹으로 힘껏 내지르다.
• 울섶 울타리를 만드는 데 쓰는 섶나무.
• 입때 여태.

으니."

하고 나도 더럽단 듯이 울타리께를 횡허케 돌아내리며 약이
오를 대로 다 올랐다, 라고 하는 것은 암탉이 풍기는 서슬에
나의 이마빼기에다 물찌똥을 찍 깔겼는데 그걸 본다면 알집만
터졌을 뿐 아니라 골병은 단단히 든 듯싶다.

그리고 나의 등 뒤를 향하여 나에게만 들릴 듯 말 듯 한 음성
으로

"이 바보 녀석아!"

"얘! 너 배냇병신*이지?"

그만도 좋으련만

"얘! 너 느 아버지가 고자*라지?"

"뭐? 울 아버지가 그래 고자야?"

할 양으로 열벙거지*가 나서 고개를 홱 돌리어 바라봤더니 그
때까지 울타리 위로 나와 있어야 할 점순이의 대가리가 어디
갔는지 보이지를 않는다. 그러다 돌아서서 오자면 아까에 한
욕을 울 밖으로 또 퍼붓는 것이다. 욕을 이토록 먹어 가면서도
대거리 한마디 못 하는 걸 생각하니 돌부리에 채어 발톱 밑이
터지는 것도 모를 만치 분하고 급기야는 두 눈에 눈물까지 불
끈 내솟는다.

그러나 점순이의 침해는 이것뿐이 아니다.

• 배냇병신 '선천 기형'을 낮잡아 이르는 말.
• 고자 생식 기관이 불완전한 남자.
• 열벙거지 매우 급하게 치밀어 오르는 화증.

사람들이 없으면 틈틈이 즈 집 수탉을 몰고 와서 우리 수탉과 쌈을 붙여 놓는다. 즈 집 수탉은 썩 험상궂게 생기고 쌈이라면 홰를 치는 고로 으레 이길 것을 알기 때문이다. 그래서 툭하면 우리 수탉이 면두며 눈깔이 피로 흐드르하게 되도록 해 놓는다. 어떤 때에는 우리 수탉이 나오지를 않으니까 요놈의 계집애가 모이를 쥐고 와서 꼬여 내다가 쌈을 붙인다.

이렇게 되면 나도 다른 배채*를 차리지 않을 수 없다. 하루는 우리 수탉을 붙들어 가지고 넌지시 장독께로 갔다. 쌈닭에게 고추장을 먹이면 병든 황소가 살모사를 먹고 용을 쓰는 것처럼 기운이 뻗친다 한다. 장독에서 고추장 한 접시를 떠서 닭 주둥아리께로 들이밀고 먹여 보았다. 닭도 고추장에 맛을 들였는지 거스르지 않고 거진 반 접시 턱이나 곧잘 먹는다.

그리고 먹고 금세는 용을 못 쓸 터이므로 얼마쯤 기운이 돌도록 홰 속에다 가두어 두었다.

밭에 두엄*을 두어 짐 져 내고 나서 쉴 참에 그 닭을 안고 밖으로 나왔다. 마침 밖에는 아무도 없고 점순이만 즈 울안에서 헌 옷을 뜯는지 혹은 솜을 타는지 옹크리고 앉아서 일을 할 뿐이다.

나는 점순네 수탉이 노는 밭으로 가서 닭을 내려놓고 가만히 맥을 보았다. 두 닭은 여전히 얼리어 쌈을 하는데 처음에는 아무 보람이 없다. 멋지게 쪼는 바람에 우리 닭은 또 피를 흘리

• 배채 어떤 일을 하기 위한 꾀.
• 두엄 풀, 짚 또는 가축의 배설물 따위를 썩힌 거름.

고 그러면서도 날갯죽지만 푸드덕푸드덕하고 올라 뛰고 뛰고 할 뿐으로 제법 한번 쪼아 보도 못한다.

그러나 한번엔 어쩐 일인지 용을 쓰고 펄쩍 뛰더니 발톱으로 눈을 하비고˚ 내려오며 면두를 쪼았다. 큰 닭도 여기에는 놀랐는지 뒤로 멈씰하며 물러난다. 이 기회를 타서 작은 우리 수탉이 또 날쌔게 덤벼들어 다시 면두를 쪼니 그제서는 감때사나운˚ 그 대강이에서도 피가 흐르지 않을 수 없다.

옳다 알았다, 고추장만 먹이면은 되는구나 하고 나는 속으로 아주 쟁그라워˚ 죽겠다. 그때에는 뜻밖에 내가 닭쌈을 붙여 놓는 데 놀라서 울 밖으로 내다보고 섰던 점순이도 입맛이 쓴지 상을 찌푸렸다.

나는 두 손으로 볼기짝을 두드리며 연방

"잘한다! 잘한다!"

하고 신이 머리끝까지 뻗치었다.

그러나 얼마 되지 않아서 나는 넋이 풀리어 기둥같이 묵묵히 서 있게 되었다. 왜냐면 큰 닭이 한 번 쪼인 앙갚음으로 호들갑스레 연거푸 쪼는 서슬에 우리 수탉은 찔끔 못 하고 막 곯는다. 이걸 보고서 이번에는 점순이가 깔깔거리고 되도록 이쪽에서 많이 들으라고 웃는 것이다.

나는 보다 못하여 덤벼들어서 우리 수탉을 붙들어 가지고 도

• 하비다 손톱 따위로 조금 긁어 파다.
• 감때사납다 억세고 사납다.
• 쟁그랍다 미운 사람의 실수를 볼 때처럼 아주 고소하다.

로 집으로 들어왔다. 고추장을 좀 더 먹였더라면 좋았을걸, 너무 급하게 쌈을 붙인 것이 퍽 후회가 난다. 장독께로 돌아와서 다시 턱 밑에 고추장을 들이댔다. 흥분으로 말미암아 그런지 당최 먹질 않는다.

나는 하릴없이* 닭을 반듯이 눕히고 그 입에다 궐련* 물부리*를 물리었다. 그리고 고추장물을 타서 그 구멍으로 조금씩 들이부었다. 닭은 좀 괴로운지 킥킥 하고 재채기를 하는 모양이나 그러나 당장의 괴로움은 매일같이 피를 흘리는 데 댈 게 아니라 생각하였다.

그러나 한 두어 종지가량 고추장물을 먹이고 나서는 나는 고만 풀이 죽었다. 싱싱하던 닭이 왜 그런지 고개를 살며시 뒤틀고는 손아귀에서 뻐드러지는* 것이 아닌가. 아버지가 볼까 봐서 얼른 홰에다 감추어 두었더니 오늘 아침에서야 겨우 정신이 든 모양 같다.

그랬던 걸 이렇게 오다 보니까 또 쌈을 붙여 났으니 이 망한 계집애가, 필연 우리 집에 아무도 없는 틈을 타서 제가 들어와 홰에서 꺼내 가지고 나간 것이 분명하다.

나는 다시 닭을 잡아다 가두고 염려는 스러우나 그렇다고 산으로 나무를 하러 가지 않을 수도 없는 형편이었다.

---

* 하릴없다 달리 어떻게 할 도리가 없다.
* 궐련 얇은 종이로 가늘고 길게 말아 놓은 담배.
* 물부리 담배를 끼워서 빠는 물건.
* 뻐드러지다 굳어서 뻣뻣하게 되다.

소나무 삭정이°를 따며 가만히 생각해 보니 암만해도 고년의 목쟁이°를 돌려놓고 싶다. 이번에 내려가면 망할 년 등줄기를 한번 되게 후려치겠다 하고 싱둥겅둥° 나무를 지고는 부리나케 내려왔다.

거지반 집에 다 내려와서 나는 호드기° 소리를 듣고 발이 딱 멈추었다. 산기슭에 널려 있는 굵은 바윗돌 틈에 노란 동백꽃이 소보록하니 깔리었다. 그 틈에 끼여 앉아서 점순이가 청승맞게시리 호드기를 불고 있는 것이다. 그보다 더 놀란 것은 그 앞에서 또 푸드덕푸드덕하고 들리는 닭의 횃소리다. 필연코 요년이 나의 약을 올리느라고 또 닭을 집어내다가 내가 내려올 길목에다 쌈을 시켜 놓고 저는 그 앞에 앉아서 천연스레 호드기를 불고 있음에 틀림없으리라.

나는 약이 오를 대로 다 올라서 두 눈에서 불과 함께 눈물이 퍽 쏟아졌다. 나뭇지게도 벗어 놀 새 없이 그대로 내동댕이치고는 지게막대기를 뻗치고 허둥지둥 달려들었다.

가차이° 와 보니 과연 나의 짐작대로 우리 수탉이 피를 흘리고 거의 빈사지경°에 이르렀다. 닭도 닭이려니와 그러함에도 불구하고 눈 하나 깜짝 없이 고대로 앉아서 호드기만 부는 그

• 삭정이 살아 있는 나무에 붙어 있는, 말라 죽은 가지.
• 목쟁이 목덜미를 이루고 있는 뼈.
• 싱둥겅둥 건성건성.
• 호드기 버드나무 가지의 껍질로 만든 피리.
• 가차이 '가까이'의 사투리.
• 빈사지경 거의 죽게 된 처지나 형편.

꼴에 더욱 치가 떨린다. 동리에서도 소문이 났거니와 나도 한때는 걱실걱실히* 일 잘하고 얼굴 이쁜 계집애인 줄 알았더니 시방 보니까 그 눈깔이 꼭 여우 새끼 같다.

나는 대뜸 달려들어서 나도 모르는 사이에 큰 수탉을 단매*로 때려 엎었다. 닭은 푹 엎어진 채 다리 하나 꼼짝 못 하고 그대로 죽어 버렸다. 그리고 나는 멍하니 섰다가 점순이가 매섭게 눈을 흡뜨고* 닥치는 바람에 뒤로 벌렁 나자빠졌다.

"이놈아! 너 왜 남의 닭을 때려죽이니?"

"그럼 어때?"

하고 일어나다가

"뭐 이 자식아! 누 집 닭인데?"

하고 복장*을 떠미는 바람에 다시 벌렁 자빠졌다. 그리고 나서 가만히 생각을 하니 분하기도 하고 무안도 스럽고 또 한편 일을 저질렀으니 인젠 땅이 떨어지고 집도 내쫓기고 해야 될는지 모른다.

나는 비슬비슬 일어나며 소맷자락으로 눈을 가리고는 얼김에 엉 하고 울음을 놓았다. 그러다 점순이가 앞으로 다가와서

"그럼, 너 이담부텀 안 그럴 터냐?"

하고 물을 때에야 비로소 살길을 찾은 듯싶었다. 나는 눈물을

• 걱실걱실하다 성질이 너그러워 말과 행동이 시원스럽다.
• 단매 단 한 번 때리는 매.
• 흡뜨다 눈알을 위로 굴리고 눈시울을 위로 치뜨다.
• 복장 가슴의 한복판.

우선 씻고 뭘 안 그러는지 명색도 모르건만

"그래!"

하고 무턱대고 대답하였다.

"요담부터 또 그래 봐라, 내 자꾸 못살게 굴 터니."

"그래그래, 인젠 안 그럴 테야!"

"닭 죽은 건 염려 마라. 내 안 이를 테니."

그리고 뭣에 떠다밀렸는지 나의 어깨를 짚은 채 그대로 픽 쓰러진다. 그 바람에 나의 몸뚱이도 겹쳐서 쓰러지며 한창 피어 퍼드러진 노란 동백꽃 속으로 폭 파묻혀 버렸다.

알싸한 그리고 향긋한 그 냄새에 나는 땅이 꺼지는 듯이 온 정신이 고만 아찔하였다.

"너 말 마라."

"그래!"

조금 있더니 요 아래서

"점순아! 점순아! 이년이 바누질을 하다 말구 어딜 갔어!"

하고 어딜 갔다 온 듯싶은 그 어머니가 역정이 대단히 났다.

점순이가 겁을 잔뜩 집어먹고 꽃 밑을 살금살금 기어서 산 아래로 내려간 다음 나는 바위를 끼고 엉금엉금 기어서 산 위로 치빼지° 않을 수 없었다.

° 치빼다 냅다 달아나다.

1 소설의 내용을 바탕으로 사건을 정리해 보자.

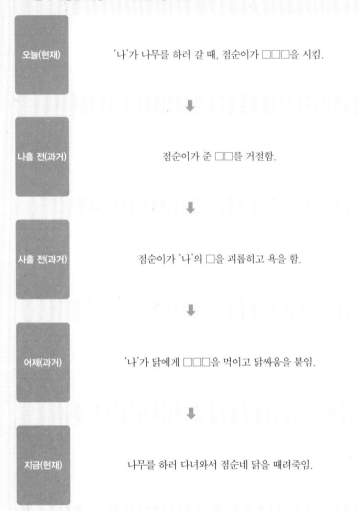

| 오늘(현재) | '나'가 나무를 하러 갈 때, 점순이가 □□□을 시킴. |

↓

| 나흘 전(과거) | 점순이가 준 □□를 거절함. |

↓

| 사흘 전(과거) | 점순이가 '나'의 □을 괴롭히고 욕을 함. |

↓

| 어제(과거) | '나'가 닭에게 □□□을 먹이고 닭싸움을 붙임. |

↓

| 지금(현재) | 나무를 하러 다녀와서 점순네 닭을 때려죽임. |

2 점순이의 겉으로 표현된 말 속에 담긴 속마음을 파헤쳐 보자.

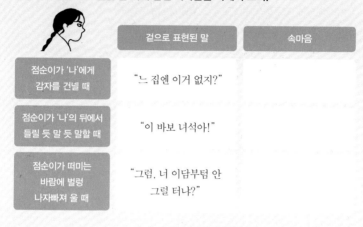

	겉으로 표현된 말	속마음
점순이가 '나'에게 감자를 건넬 때	"느 집엔 이거 없지?"	
점순이가 '나'의 뒤에서 들릴 듯 말 듯 말할 때	"이 바보 녀석아!"	
점순이가 떠미는 바람에 벌렁 나자빠져 울 때	"그럼. 너 이담부턴 안 그럴 터냐?"	

3 '나'와 점순이의 사랑은 이루어질 수 있을까, 없을까? 그렇게 생각한 이유를 소설의 내용과 관련지어 적어 보자.

'나'와 점순이의 사랑은 이루어질 수 있다.	'나'와 점순이의 사랑은 이루어질 수 없다.

4 다음은 1952년에 왕문사에서 간행한 『동백꽃』의 표지이다. 이 소설을 요즘 독자의 감각에 맞게 제목을 바꾸고 표지도 새롭게 만들어 보자.

내가 만든 제목과 책 표지

작품 출처 ●●

구병모   「혜살」, 『소년, 소녀를 만나다―황순원의 「소나기」 이어 쓰기』, 황순원
        문학촌 소나기마을 엮음, 문학과지성사 2016
김옥   「야, 춘기야」, 『청소녀 백과사전』, 낮은산 2006
김유정   「동백꽃」, 『20세기 한국소설 5』, 창비 2005
박완서   「자전거 도둑」, 『산과 나무를 위한 사랑법』, 샘터 1992; 『자전거 도둑』,
        도서출판 다림 1996
오승희   「할머니를 따라간 메주」, 『할머니를 따라간 메주』, 창작과비평사 2000
오영수   「고무신」, 『오영수 대표단편선집』, 책세상 1989
유은실   「보리 방구 조수택」, 『만국기 소년』, 창비 2007
전성태   「소를 줍다」, 『국경을 넘는 일』, 창비 2005
이청준   「연」, 『서편제』, 문학과지성사 2013
현덕   「하늘은 맑건만」, 『집을 나간 소년』, 아문각 1946; 『나비를 잡는 아버
        지』, 창비 2009

수록 교과서 보기

지은이	작품명	수록 교과서
구병모	혜살	금성(류수열)1-2
김옥	야, 춘기야	창비(이도영)1-1
김유정	동백꽃	비상(김진수)1-1
		동아(이은영)1-2
박완서	자전거 도둑	금성(류수열)1-1
		교학사(남미영)1-1
		비상(김진수)1-1
오승희	할머니를 따라간 메주	지학사(이삼형)1-1
오영수	고무신	천재(박영목)1-1
유은실	보리 방구 조수택	미래엔(신유식)1-1
이청준	연	동아(이은영)1-1
전성태	소를 줍다	비상(김진수)1-1
현덕	하늘은 맑건만	미래엔(신유식)1-2
		지학사(이삼형)1-2
		창비(이도영)1-2
		천재(노미숙)1-1
		천재(박영목)1-2